BEKROOND MET DE LIBRIS LITERATUUR PRIJS 2021

Uit het juryrapport:

'Brouwers zuigt je mee in een verslavend taalcircus. De roman is een ware krachttoer, hilarisch, ontroerend, griezelig en ontluisterend tegelijk. Met deze unieke verkenning toont Jeroen Brouwers dit jaar als geen ander wat literatuur vermag: een reis te maken door een binnenwereld van een ander. Het is fenomenaal, wild, ongeremd: het is de ultieme beheersing van ongeremdheid. De jury van de Libris Literatuur Prijs 2021 kon en wilde daar niet omheen. Wat een boek!
[...]
Hoe avontuurlijk zwiert het in die kop van Busken; hoe gering, hoe klein, zijn de aardse avontuurtjes die daarbuiten nog resten. Wat laatste sigaretten, een barbecue, gedoe op de wc, met kleding, een "contactmomentje" met een verzorger... Brouwers vangt het allemaal, in zijn schitterende stijl, met zijn uitzonderlijke, begoochelende beheersing van onze taal.
[...]
Het is met trots en groot genoegen dat wij de Libris Literatuur Prijs 2021 toekennen aan dit onontkoombare, unieke, belangwekkende, buitengewone, fantastische boek. Hoera!'

... denk ik opeens aan mijn moeder. Ik denk nooit aan mijn moeder, die al decennia dood is. Ik ben intussen ouder dan zij is geworden. Ik bedoel. Bedoel ik iets? Dat ik buiten, boven de tijd ben geraakt waarin ik en mijn moeder er allebei nog waren en ik haar gerust mag zijn vergeten. Ik ben haar niet vergeten, ik denk alleen nooit aan haar. Ze flitste door mijn hoofd en is meteen weer weggespoeld. Ik denk dat ik dat bedoel. Wel degelijk nog in staat iets te bedoelen. Was het wel mijn moeder, die zich als een bliksemvonk in mijn hersens vertoonde, en niet iemand anders, een andere vrouw? In een zomerjurkje op een strand in dampende zon en ik ben daar ook. Haar armen strak langs haar lichaam omlaag staat ze haar vingers te spannen. Alle kracht vanuit haar schouders en armen naar haar vingers die ze gespreid naar het zand gericht houdt, waar haar schaduw tot een bolletje rondom haar voeten is ingekrompen, skeletterig mager in dat katoentje met verschoten gele en lichtgroene vierkantjes. Dat met die vingers doet ze als ze driftig is en voordat ze ze tot trillende vuisten in elkaar krampt. Wegwezen, in ieder geval zorgen voor afstand, want ze gaat meppen. Het zal dus mijn moeder wel zijn geweest, weggespoeld als een uitwerpsel, maar met het gezicht, het hoofd, de gestalte van een ander iemand, niet per se vrouwelijk. Kan u hier uw nicotinesprieten roken, roept zuster Morton. Kankerstokken zegt men hier niet. Nooit kanker zeggen. Ze kijkt naar boven, waar de lucht niet is te zien boven de bomen. De sparrentoppen bewegen alle kanten op in wind die er al dagen is, gisteren zo hard en met venijnige regen dat iedereen binnen moest blijven. Het blijft wel droog, meent ze. Er is zon voorspeld. Hier beneden waait het niet. Staat hij op de rem? Dat controleert ze. Ja, met die dragonderstem, u staat geblokkeerd. Hetgeen klopt. Geblokkeerd, ik. Geblokkeerder dan de wielen van de rolstoel, die ze ergens achter me, waar ik niet bij kan, heeft vergrendeld. Die wielen gaan gewoon weer draaien als ze niet meer zijn geblokkeerd, ikzelf ben niet als die wielen, want ik kan niets meer, wat wil je ook. Alleen nog zitten en liggen. En waarnemen. Denken. Piekeren. Malen. Bedoelen. Kleuren zien die er niet zijn, althans door anderen niet worden gezien. Ze heeft me met een riem om mijn middel in de stoel gefixeerd, de metalen gesp op mijn navel is niet door mij te openen. Mijn woede daarover en mijn verzet worden met injecties en pillen platgekookt. Wat nog kan bewegen zijn mijn handen en onderarmen. Met mijn benen, mijn voeten, kon ik schoppen, tot die ook aan de stoel werden vastgeknoopt. Hebt u uw saffies? Aansteker? Fluitje zit hier in het linkerzakje van uw overhemd, meneer Busken. Als u voelt dat u moet, meteen blazen. Dat er weer geen ongelukjes gebeuren. Ik denk dat ze niet beseft dat ze schreeuwt. Haar fraaie verschijning is als die op dat schilderij, doch haar decibels verstoren mij. Ze kijkt naar me. Ja meneer Busken? U hoort me wel. Meneer Busken? Antwoord geven kan u ook best. Hier raakt ze mijn hoofd aan, bij mijn slaap, met haar gesloten slanke hand een duwtje bij mijn oor, niet hard, maar toch dat ik het voel, een lichtgevend stompje. Vandaar dat ik opeens aan mijn moeder denk. Ze marcheert terug naar het gebouw, het instituut, de inrichting, de gijzelaarsbewaarschool, Huize Madeleine voor ouden van daapsen die in hun luier pissen en de rest. Haar plastic kontje in de broek die zich er vacuüm omheen en tegenaan heeft gezogen. Op haar slofjes, waarmee men haar en dezulken nooit hoort aankomen. Geluidloos, onhoorbaar zijn ze er altijd plotseling als witte geesten, wat altijd even schrikken is. Rechtop, het bovenlichaam zelfs ietwat achterover, loopt ze in het neutrumpersoneelsuniform van het gesticht haar ivoorblote armen voor- en achteruit te zwaaien. Mij is het een troost van schoonheid haar te zien, naar haar te kunnen kijken, maar waar haalt ze die stem vandaan met de kracht en de klank van een ramsbazuin uit die zoete mond en die keel als van een zwaan. Wat zou ze zijn, eind twintig? Voorin, maar beslist niet ouder dan halverwege de dertig. Zou ze een vrijer hebben? In het korte halfblond van haar jongenscoupe plakt iets wat meebeweegt op haar kordate passen, een blaadje van een struik of boom of bloemetje, een snippertje, iets fladderends. Ze is hier pas enkele dagen. Hoelang ik hier zelf ben weet ik niet. Ik ben Moniek, baste ze toen ze zich voor het eerst, halfzeven 's ochtends, ze maakte me wakker, aan mijn bed vertoonde. En u bent? Woelend door met een knijper bijeengehouden papieren op een plankje in de boog van haar arm: Meneer Busken, ja? U bent meneer E. Busken? Eerst dacht ik dat zij een knappe jonge man was vanwege het stemgeluid en het haar, kort tegen haar schedel. Ook omdat het witte cipierspak geslachtsonduidelijk is: de man die niet Moniek heet, draagt hier hetzelfde als de vrouw die wel zo heet. Toen ik mijn ogen nog eens opende en haar echt zag, wendde ik ze meteen van haar weg naar het raam dat niet open kan, zo'n schok ging door me heen als soms bij het ondergaan van Bach of andere kunst, zo weemakend verheven verstikkend mooi vond ik haar dat het me op de ogen sloeg en ik mezelf even voelde verdwijnen. Moniek dus. Personeel, thans aangeduid met verpleegkundige dan wel verzorgende, stelt zich voor en laat zich aanspreken bij de voornaam. Verpleegster of zuster zeggen is ouderwets. Ik heet Ellie, corrigeert voorheen zoiemand. Of noemt u mij maar Suzan hoor. Of Pienie. De mannelijke soort mag niet meer worden aangesproken met broeder, zoals in de Middeleeuwen, die nu immers voorbij zijn, maar gezellig met Wim, Karel, Antoon, Sjoerd, allen aangesteld als zorgdragendekundigetoezichthoudende. Genderneutraal eindigt van iedere functionerende in de zorgsector de aanduiding van beroep of functie op -ende. Het leidinggevende opperhoofd van deze vrijheidberovende firma, geneesheer-directeur staat op de deur van zijn kantoor, zegt u maar gerust Richard, uit te spreken als Risjaar, draagt niet zo'n geslachtsloos gestichtsuniform, maar gewonemensenkleren, evenals alle stafleden, aan hem is dus vanbuiten te zien dat hij masculien is. Van het gewone personeelsvolk valt soms alleen uit de voornaam af te leiden welk geslachtskenmerk in eenieders broek en elders aanwezig is. Neem de harpij van psychiatrie met haar soldatenkop, die heet Carola. Dat staat op een naar de bezoeker toegekeerd plastic plankje op haar bureau met de leptop. Al moet volgens sommige godkundigen ook Jezus Christus, een der afsplitsingen Gods, onmannelijk onvrouwelijk worden aangeduid met het, het messiassende, omtrent de geslachtsidentiteit van genoemde Carola kan geen twijfel rijzen, deze snaterende psychiaterende is voorzien van bolle, verschuivende borsten als kanonkogels voor het beleg van Den Briel. Moniek beschikt dan weer over nauw waarneembare, schuchtere, als nog niet opgebloesemde welvinkjes, die de zaak onzeker laten als ze niet Moniek zou heten. Moniek Morton, het staat te lezen op het naamplaatje aldaar op haar gewaad. U zegt niks alsof u niks gehoord hebt, meneer Busken? Meneer Busken? Nog niet helemaal wakker of bent u doofstom of zo? De bewoners van Huize Madeleine blijven formeel u en meneer of mevrouw. Dezen verblijven hier niet, zegt Richardrisjaar, als patiënten, maar zogenaamd als gasten, zoals in een hotel, of als logés, zoals bij vrienden, het woord patiënt wordt zorgvuldig vermeden. In het huidige jargon wordt deze aangeduid met cliënt, hij is een klant van de medische zorgverstrekkende instelling zoals hij klant is van een eetgelegenheid of supermarkt. Dat is dan zeventig euro per etmaal, meneer, bewassing niet inbegrepen. Mij vervult het allemaal met aan braakselopstuwing grenzende weerzin. Vluchten is onmogelijk. De morgen dat ik haar vanuit mijn bed niet durfde te aanschouwen: Plassen, doesen, tandenpoetsen, aankleden, kan u dat zelf, of moet ik helpen? Ik was te verlegen om me in mijn ruïneuze schamelte aan haar te vertonen. Met handgebaren beduidde ik haar dat ik me wel zou weten te redden, al dien ik inwendig vloekend te berusten in het tegendeel, maar ik houd me strak en zij was nog niet van de waarheid op de hoogte. Dan ga ik even naar hiernaast, kom ik u zo meteen halen. Hoe komt een nimf aan zo'n stem. Andere verzorgenden wrikken me zonder woord of vraag, want ik zeg toch niets terug, uit bed, ontdoen me van het doodshemd en zetten me naakt onder de douche, dat wil zeggen ik ben naakt, zij houden hun kleren aan. Onder de douche kan ik me aan grijpstangen staande houden of op de afgedekte toiletpot plaatsnemen. Me afdrogen doet het personeel terwijl ik me aan de wastafel vasthoud met mijn gezicht naar de spiegel waarin ik mezelf niet wil zien, na het douchen is de spiegel trouwens beslagen als ikzelf. Tandenpoetsen, voor zover ik nog tanden heb, ik doe maar wat, door het gebeef van mijn poetshand schokt de tandenborstel ongericht door mijn mondholte, soms een neusgat in. De tandenborstel is oranje. Dagelijks ontstaat er gedoe met het tubedopje. Omdat er toch geen Moniek of iemand anders was die toezicht op me hield, dit was drie dagen geleden, of twee, of gisteren, of hedenmorgen, ik kan de kleuren van de dagen niet meer onderscheiden, sloeg ik het douchen over, tandenpoetsen ook, wierp ik voor de schijn wat water over mijn haar en over de handdoek, die ik vervolgens voor mijn voeten liet vallen en uiteraard onder de wastafel liet liggen. Ik dacht eraan het dopje van de tube zoals iedere dag in de wastafel of daarbuiten achter te laten. Voor het oprapen van handdoeken en tandpastatubedopjes is personeel voorhanden. De vereiste ochtendplas lukte niet, er kwam niks. Het per elektrisch apparaat scheren der bovenlip en kaken van mannelijke logés geschiedt door een dienstdoende verzorgende, het zoemende, soms hinderlijk ratelende toestel wordt door de verzorgende meegebracht en na gebruik weer meegenomen. Er bevinden zich geen stopcontacten in de logeervertrekken. Maar de mooie Moniek, nog te kort in functie om van alle binnens en buitens in dit pensionaat op de hoogte te zijn, kwam me niet scheren, ze bleef lang weg. Aankleden. Ik had al sokken aan en was staande en me stuttend bij het kleerkastje met een ander kledingstuk in de weer toen ik omviel, sedert ik hier ben val ik steeds, vroeger nooit. Duizelig, hijgend, kwam ik gelukkig op het bed terecht, voeten nog op het balatum met de cirkeltjes die ik om elkaar heen zag cirkelen, sommige sneller dan andere. Opeens was de zorgdragende verplegende onhoorbaar terug. Ik zal u toch maar even helpen, meneer Busken. Het plankje met de papieren had ze niet meer bij zich. Haar blik verplaatsend van mij, ze zag me niet, naar het bed, vervolgde ze met dat harde basgeluid, het drong in mijn stilte tot me door: Uw pamper losgepulkt. Hè meneer Busken nou toch. Het hele bed. Ze trekt het besmeurde onderlaken onder me vandaan en frommelt het op de matrasbeschermer van leverkleurig rubber. Met de pamper, verzadigd van mijn urine en gevuld met ander gevoeg, loopt ze, de buidel aan haar gestrekte arm ver van zich vandaan, naar de toiletruimte. Klap! Het deksel van de pedaalemmer die daar staat. U had moeten bellen toen u het voelde aankomen. Daar is dat knopje voor. Hè meneer Busken nou toch. U hebt u toch wel goed schoongemaakt onder de does daar van voren en achteren hoop ik. Ik kon niet slikken, zo bovenwerelds is haar schoonheid. Maar die stem. Pijn, met bonkende stoten door mijn rug, zo erg dat mijn adem stagneert. Ik vermoord haar. Met een mes. Puur uit aanbidding en liefde bekras ik met dat mes haar gezicht. Schone pamper in mijn onderbroek, het ding met klittenband ter plaatse gehouden. Kan u staan? Hou u maar vast aan mij. Daar schrok ik voor terug uit schroom. U was bezig uw broek achterstevoren aan te trekken. Niet zacht-, ook niet hardhandig rangschikt ze kledinggoederen rond mijn lijf, kordaat, doortastend, ik behandeld als een bejaarde kleuter, kleertjes aan, schoentjes aan de voetjes. Ik zal haar moeten doorsteken omdat ik me schaam. Ze mag me in mijn diepten, versukkeldheid, verwarrenis, al ben ik goed bij mijn hoofd, niet waarnemen. Met mijn mes. Of ik verander haar in een steen, of een boomstronk of een stiltewater. Lopen gaat wel erg moeilijk, meneer Busken. Kan u uw voeten niet gewóón neerzetten. En u beeft zo aan alle kanten. En u hijgt zo. Ik achter de rollator, de handremmen half dichtgeknepen, want zo'n ding schuift sneller vooruit dan ik het kan volgen. Ik heb daar al brieven over geschreven. Zij, de godin zweeft naast me mee, haar hand rond mijn elleboog, wat me irriteert, ik behoef geen hulp of wat voor ondersteuning dan ook, ik kan alles gerust alleen af, anderzijds toch zacht vertedert, zelfs vleit, ze is bezorgd omdat ze natuurlijk a prima vista als bij bekkenslag verliefd op me is geworden. De gemeenschapsruimte, de huiskamer genoemd, binnengehompeld, waar altijd de televisie aanstaat, het geluid op mompelsterkte, op het scherm was iemand bezig groente te hakken, met zo'n mes, hoorde ik haar kraaien: Uw boterbammeltjes staan al voor u klaar. Geen benul van wie ik eigenlijk ben en hoe ik me hier, ook door haar, miskend gekleineerd beledigd weet.

Altijd twee sneden brood, altijd een bruine met kaas, een witte met zoetigheid, chocoladesmeersel of zo, en een beschuit met gele jam, of rode, alles voorgesneden tot hapklare partjes, naast het plastic bord een kartonnetje melk met een gebogen plastic rietje. Soms, de ene dag is het beangstigender dan de andere, is het beven zo onbeheersbaar dat mijn hand met zo'n stukje brood of beschuit mijn mond niet vindt en ernaast of eronder of tegen mijn neus botst. Zuster Moniek, eerst begeleidde ze mijn hand, begon me ten slotte te voeren als een vogel. Met die stem van houten planken: Hapje voor papa. Die heb ik niet gekend. Hapje met kaas voor mama. Van mijn mama moest ik niets hebben en zij niet van mij. Ben haar toch blijven verzorgen tot haar dood, ik weet het mijne van pis- en strontpampers. Hapje voor mevrouwtje Kalckbrander. Die zit op haar vaste plaats tegenover mij op mijn vaste plaats tegen mij en haar handen te glimlachen. Het mens is zo verknoopt als een draad breiwol. Als ik mijn mond opende voor een hap, sperde Moniek de hare en zag ik hoe ze lucht binnenhaalt, waar ik gebrek aan heb. Ik krijg geen lucht sedert ze me hier van mijn vrijheid hebben beroofd. Het rietje tussen mijn lippen, zij ook haar lippen getuit en wangen naar binnen gezogen, mij moet worden voorgedaan hoe ik moet lurken. Na het ontbijt begint het collectief staren. Op de televisie is de hele dag koken. Of natuur met beesten. Of gezwam. Ze zetten me in deze rolstoel omdat staan en lopen me niet zo goed meer afgaan zonder gevaar van vallen, vroeger viel ik nooit, en ze verankeren mijn lijf en ledematen erin omdat ik me er stompend en schoppend tegen teweer pleeg te stellen, maar ook omdat ik zonder de drie-, zelfs vierpuntsfixatie mezelf uit het ding zou schokken, zo is sedert ik hier ben alles aan me buiten mijn wil in beweging als een tot niets dienende machinerie. Door de lieftallige Moniek laat ik me gewilliger insnoeren, we gaan spoedig trouwen. Gaan we lekker buiten zitten, meneer Busken? Ik geef u dit fluitje ja? Voor als u jeweetwel. Ze maken me hier vanzelf gek. Statig van voorkomen en statuur als op dat schilderij van ik ben de naam van de schilder kwijt, ze moet alleen niet praten, laat ze me staan waar ze me heeft neergezet. Ze trekt de deur van het asiel waardoor ik tot mijn verwondering door haar naar buiten ben gereden en zij weer zal verdwijnen, op haar manier, tamelijk bruusk voor zo'n meisje, naar zich toe, maar voordat ze naar binnen gaat beklopt ze met beide handen haar gebogen neeschuddende hoofdje, haar vingertoppen als eggen door het korte haar, op de afstand die tussen mij en de verpleegkundige is ontstaan, hoor ik haar woorden grommen. Iets kleins, dat haar heeft gehinderd aan haar nek hals wang, dwarrelt uit haar haar op het grindpad, waar de wind niet voelbaar is. Ze verdwijnt achter de deur. Klap, deur dicht. Heftig temperamentje. Tot mijn nog grotere verwondering heeft ze me geparkeerd onder de sparren in een hoek van het terrein waar het hoogst ongebruikelijk is dat een gedetineerde zich bevindt. Er liggen ingegraven bielsbalken tussen hier en het grasveld met de zitbanken waar de cliënten zich bij geschikt weer kunnen vertreden. Verboden ten strengste deze balkengrens te overschrijden. Checkpoint Zero. Ik ben in een gebied waar ik zicht heb op zowel het gemeenschappelijke gras als op de achtergevel van het instituut met een grindpad naar een poort waar ik tot op heden geen weet van had. Over het gras is mede-Madeleinebewonende Wolff in mijn richting komen slenteren. Deze onguurling was huisarts en haalde goorheden uit met vrouwen op zijn behandeltafel, niet uitzonderlijk klom hij zelf ook op die tafel en de patiënte zonder dat deze hem daartoe had geïnviteerd, dat heeft met zijn Mengelekop erbij, vandaar dat ik hem meteen herkende toen ik hem hier voor het eerst zag rondstommelen, in alle kranten gestaan. Omdat ik tot nogmaals mijn eigen bevreemding aan de verboden kant van de bielzengrens ben neergezet, denkt hij misschien dat het verbod om die te passeren is opgeheven, als die krates in zijn rolstoel daar mag staan, dan ik ook, denkt hij allicht en is al over de markering heen gestapt, grensoverschrijdend naar zijn gewoonte. Ook hij heeft meisje Morton met zijn gluipogen gevolgd. Zegt met gluipstem: Ze vraagt het me niet, maar als ze me het zou vragen zou ik me geen tel bedenken. Wat jij, Busken? Natuurlijk zwijg ik, ik zie hem niet eens met zijn half kale kop met hoed en zijn wanglappen die voorbij de mondhoeken tot onder zijn kaakbeen hangen. Zwijgen. Het gonst tussen mijn slapen. Ik zwijg sowieso uit principieel protest. Tegen alles. Vanaf de seconde dat mij bleek dat ik hier niet meer wegkom. Bovendien heb ik niets bij te dragen aan het geouwehoer om me heen, iedere godvergeten dag opnieuw, alle godverloren dagen van halfzeven 's morgens tot 's nachts. Niemand hier heeft mij ooit meer iets horen zeggen, daar ik alleen mijn mond open om te eten, de kleffe kledder die ze hier voor je neerplempen. En hem zie ik niet omdat ik hem dag in dag uit al genoeg zie en altijd doe of ik hem niet zie. Hoor ik iets? Iets horen doe ik zogenaamd ook niet. Ik ben in mijn eentje de drie bronzen aapjes die thuis heup aan heup op mijn bureau staan. Als ze er nog staan en mijn huis niet is leeggeroofd na alle handtekeningen die ik heb moeten zetten. Al zou ik van hier vluchten, waar kan ik heen, ik kan mijn eigen huis niet eens meer in. Misschien kan ik asiel vinden bij Herman en Babet. Met telepathische stralingskracht zend ik naar Wolff uit: blijf uit mijn buurt, vunze hond. Wat denk je wel dat zij je zal vragen. Niettemin blijft hij staan met die borsalino op zijn laffe kop en zijn enge kleine grijphandjes bij de duimen aan de slangenleren broekriem gehaakt. Kristesmaria, hij zet zelfs nog wat passen dichterbij tot hij schuin voor me staat. Moet ik hem ook nog ruiken? Ik blijf als van marmer voor me uit staren naar het snippertje uit Monieks haar op het grind. Beweegt het nu of niet? Er ligt een strook magere zon overheen, zoals opeens over alles, behalve onder de bomen waar ik zit. De hoed van Wolff krijgt er een aureoolgloed van en beschaduwt zijn gezicht tot de bovenlip. O o o, alweer een sigaret. De heer Busken kan niet zonder. Zo haal je de honderd niet. Vade retro, denk ik stormachtig, maar het bereikt hem niet. Kost het nou echt zoveel moeite om ervan af te blijven. Een beetje wilskracht, Busken kerel. Verdwijn, ontbind tot pulver, lazer op. Hij ziet me niet eens roken, aangezien ik nog niet rook. Heb het doosje en de aansteker alleen nog maar in mijn hand, die ik schaamtevol niet kan laten ophouden met trillen, ik blijf voor me uit kijken. Star voor me uit. Marmer trilt niet, toch ben ik een zittend standbeeld, zoals dat van Johan van Oldenbarnevelt in Den Haag, Lincoln in Washington. De dubbele poort aan het eind of het begin van het grindpad, zo'n dertig meter verderop, bestaat uit tralies van ijzeren speren, even hoog als de muren rondom het hele terrein, alleen binnen het gebouw elektronisch te ontsluiten. Daarachter loopt een zandweg door het bos. Wandelaars blijven soms staan om door het hekwerk te gluren. Wat hopen ze te zien? Gorilla's moordenaars gevaarlijke gekken. Op dit moment stopt daar een waarschijnlijk wit, maar door mij als blauw waargenomen bestelbusje. Er komt een persoon in een werkjas uit. Drukt op de belknop waarvan het geluid wel ergens hoorbaar zal zijn in de stenen burcht, waar ook zijn aanwezigheid, geregistreerd door camera's, op een scherm verschijnt. De poort gaat geluidloos open. Als ik mijn lichaam kon gebruiken als in mijn godentijd zou ik nu proberen naar buiten te sprinten, de vrijheid in. En dan? Dat bedoel ik. Je hoort weleens over anderen dat ze de mogelijkheid hebben benut om ervandoor te glippen en in het bos te verdwijnen. Wat ik bedoel is dat zoiemand na een dag, twee dagen, drie dagen, door de politie of anderen weer naar binnen wordt geduwd, bewonderd door alle ingezetenen, die de kans niet hebben gekregen of niet hebben gedurfd wat hij c.q. zij wel heeft ondernomen, waarna de ontsnapte dagenlang kamerarrest krijgt, de deur vanbuiten op slot, wat ik persoonlijk niet erg zou vinden, afgezonderd van de rest van alle zwaar gestoorden hier. Het busje komt het pad op en stopt bij de deur waar daareven Moniek door is verdwenen, terwijl de poort zich onmiddellijk zonder piep of knars weer heeft gesloten. Dat is de vleesboer, die komt de proviand voor straks brengen. Dit zegt hij, Wolff, als hij al bezig is verder het pad op richting het voertuig te slenteren. Hoe vermetel. Hij zet zijn lakschoenen precies niet op het dingetje op de grindsteentjes waar ik mijn ogen weer op gericht houd. Er lijkt toch een beweginkje doorheen te gaan alsof het iets is wat weg wil bij de nadering van voetstappen en de schaduw van een hoed die eroverheen valt. Is het iets wat leeft of iets als een licht papiertje dat beweegt bij de lichtste luchtverplaatsing? Vleesboer? Het fijnste vlees komt van slagerij Do, vermeldt de zijkant van het kubusvormig busje. Het zal wel een naam zijn die rijmt op ees, de middenstand kent zijn Vondel en Jacob Cats en is dol op rijmen, maar de rest van Do wordt van mij uit gezien afgedekt door zo'n struik met van die ballonbloemen. Van waar ik zit tot aan de poort is de entree aan beide kanten bezoomd met zulke struiken. Hoe heten ze ook weer. Ze stonden ook langs de opritten van de pensionaten waar ik aan het begin van mijn leven werd opgeborgen, zoals vandaag hier, nu ik zowat aan het eind ben van de ellende die leven heet. Bespaar het me honderd te worden. Doe mij liever nu meteen stampende pede de milde spuit. Antrax. Insuline. Morfine. Of een pond slaapmiddelen of pijnstillers, oxycodon, tramadol, fentanyl. Een, twee druppels of korrels polonium-200 door de vla verschaft met wetenschappelijk vastgestelde probaatheid eveneens het verlangde resultaat. Ik kan het allemaal nog zo opnoemen, want ik heb er verstand van, maar hoe die struiken heten, weet ik opeens niet meer. Wel iets van tachtig jaar terug, mijn moeder op een strand, ik en mijn moeder en nog iemand op een schip, maar niet de naam van een schilder en van deze struiken. Ze begonnen van die bloemen te krijgen tegen het eind van het schooljaar en als dat in september opnieuw begon en ik weer bij de kostschool werd afgeleverd als een postpakket, waren de mooie bloemen aan het roesten als metaal. Nu is het ergens half juli geloof ik, de uit meerdere bloempjes bestaande ballonnen zijn rood, roze of wit, dat weet ik, maar nu zie ik alles blauw. Zulke zelfde struiken, 's zomers met bloemen, 's winters niet, stonden trouwens ook ter weerszijden van de avenues naar hogere onderwijsinstituten voor deftig rapaille in Wassenaar en Het Gooi, waar ik later colleges heb gegeven, alsook van die door parken omgeven conferentievilla's waar ik werd uitgenodigd om een referaat te komen afsteken over existentiële levensvraagstukken. De vleesboer heeft opnieuw aangebeld, nu aan wat kennelijk de leveranciersdeur is aan het eind van de zijgevel. De deur springt open met een bromtoon. Mevrouw Holkema verschijnt. Hoofd der huishoudelijke dienst. Wil niet dat iemand haar anders aanspreekt dan met mevrouw Holkema. Ik heb niet met u in de teil gezeten en niet met u gejojood of geknikkerd, noch hebben wij vaste verkering, ik ben mevrouw Holkema. Zo te zien, ik hoor niet wat ze zegt, begroet ze de slager vriendelijk lachend. Wel hoor ik meteen hierna, zonder haar woordelijk te verstaan, de stemverheffing waarmee ze Wolff wegjaagt, terug over de streep en naar je hok, dit is verboden terrein. Ze draagt andere kleding dan ieder ander in de instelling. Een klassiek, ouderwetsig, allicht wit keukenschort met een strik vanachter, zoals nog te zien in films en televisieseries van inmiddels zo'n eeuw geleden, daaronder een hoog opgetrokken lange broek, blauw, maar in werkelijkheid waarschijnlijk van een andere kleur, en iets gespikkelds met mouwtjes tot precies over de schouders. Blote armen, fors gespierd, gezicht van mica. Meneer Do stapelt dozen en bakjes en in papier gewikkelde bultige waar op een meegebracht steekkarretje. Kruit zijn handel het domein van mevrouw Holkema binnen, die zelf in het al wat strakkere zonnetje naast de deuropening is blijven staan. Ze kijkt met spijkers schietende ogen Wolff na, maar ook naar mij. Met dezelfde slentertred komt de huisarts weer op mij toe. Trapt weer precies niet op het snipseltje. Hoe het toeval te berekenen dat iemand er al dan niet en wanneer op zal trappen. Dacht hij misschien nog vermeteler door de traliehekken, als die zo meteen weer vaneengaan, als de dijen van een meisje, zo gaat het ongetwijfeld door zijn schurftige hersens, te ontvluchten? Met die hoed. En dan? Tijdens de dagen van opsluiting wordt de teruggebrachte vluchteling geen toetje verstrekt, zo wordt verteld, geen yoghurt met stukjes perzik of modderpudding met opgesuikerd bessensap uit van die geribbelde doorzichtige plastic potjes. Ook al geenszins verschrikkelijk wat mij betreft. Hij loopt, berispt maar niet van het bord geslagen, nog even bestudeerd parmantig. Nu goddank langs mij heen, zonder blik, zonder weer zo'n opmerking. Zijn handen nu bij elkaar op zijn zitvlak. Met de rug van de ene hand ritmische klopjes in de palm van de andere. Meneer Do de vleesbrenger stapt weer in zijn voertuig en rijdt het achteruit, omwolkt door dezelfde uitlaatwalmen als toen hij arriveerde. Komt geur en smaak van vlees ten goede. De traliepoort gaat op dezelfde magisch realistische wijze open, de traliepoort sluit zich weer. Mevrouw Holkema heeft even haar hand groetend opgestoken naar meneer Do, kijkt dan weer naar mij met die draadnagelblik en roept iets naar me vergezeld van armgebaren alsof ze me net als Wolff van haar terrein wil wegdwingen. Is dat wat ze roept en beduidt? Ik begrijp haar niet want ik ben toch gek. Bovendien doofstom met blauwe staar. Ze verdwijnt. Boven mij ruisen de boomtoppen tegen elkaar in. Vlees? Wat hier met deze aanduiding ter tafel wordt gebracht wekt soms een reminiscens met de smaak ervan. In de keuken, of misschien heeft meneer Vondel het al in zijn winkel gedaan, versnijdt men het vlees of zoiets tot blokjes en brokjes en zo wordt het de cliënt voorgezet, opdat deze het niet zelf hoeft te snijden en daar trouwens ook niet in zou slagen met zo'n nauwelijks gekarteld plastic kaboutermesje. Cliënt hoeft de keutel maar aan het kleutervorkje te prikken of op het poppenschepje te schuiven en naar de mond te heffen. Alle eetgerei is van gewichtloos plastic zodat, gelooft het dierentuinbestuur, het alhier gestationeerde volk er een ander noch zichzelf mee zou kunnen verwonden of vermoorden. Wat het bestuur zoal gelooft is nooit zwaarder dan pluis van de paardenbloem. Geef mij een scherp mes om mee te snijden, met tanden om mee te zagen, met een punt zodat ik ermee kan steken en het rechtstandig in het tafelblad rammen. Ik als hersenchirurg weet van uit spiegelend staal vervaardigde messen en van snijden en steken en prikken en pulken en van gekarteld en figuurzagen, bijvoorbeeld een triplex lampje voor in de kinderkamer en ik heb geeneens een kind.

Toen schoot er opeens een komeet door mijn hersens. Alles blauw. Die struiken trouwens, heten drensdrons. Het komt aan op helder denken en concentratie. Ikzelf ben een heldere denker. Als je iets denkt, moet je je ervan bewust zijn dat je iets denkt en dat vasthouden, anders vouwt het ene dat je denkt zich per willekeurige associatie om het andere heen. Dat is niet helder denken. De hele dag door, ononderbroken, gaat er van alles door je hoofd, van alles door elkaar, dat meteen ook weer weg is als door de plee, zonder dat het een bewust gedachte heldere gedachte is geweest, het maalt maar door van dit naar dat, het ene over het andere heen, soms eenzelfde gedachte twee keer of nog dikwijlder. Zogenaamd in gedachten denk je in feite niks. Flitsen. Flarden. Spinsels. Om me heen kijkend registreer ik hoe sommige cliënten hier met lege blik voor zich uit staren, het lichaam wiegend, naar voor, naar achter, het gezicht in kreukels van het denken, maar wat denken ze, waar denken ze aan, een euro voor hun gedachten, welk geldstuk ik beter bij me kan houden, ik krijg er niets voor dan luchtledigheid. Registreer het bij jezelf, zegt een stem ergens in mijn diepst. Onzin, er is geen stem in mijn diep, ben ik een zwembad? Zoals sommige anderen hier wel stemgepraat vernemen terwijl geen levend iemand iets tegen ze zegt, soms horen ze twee stemmen, drie komt ook voor, tegelijk door elkaar heen tegen elkaar in kakelend, vloekend, dreigend, scheldend, dwingend. 's Nachts hoor ik in belendende kamers zulke logés weleens schreeuwen, stommelen, dingen tegen het balatum of de muur keilen. Hoor ik al, als ik alleen met mezelf ben zoals nu, misschien iets als stemgegons door mijn denken, herken ik aan de klank, de toon, de uitspraak, alleen die van dat mens Carola uit Den Briel. Slaapt u goed, meneer Busken, vraagt ze. Zeker wel, ik antwoord niet. Ligt u eerst te denken, te piekeren, u zorgen te maken over dingen voor u inslaapt? Droomt u? En gaat dat piekeren door in uw droom? Wat gaat jou dat aan, boze heks met je kaartenbak. Ik zwijg. Herinnert u zich bij het wakker worden wat u hebt gedroomd? Ik zeg niks tegen haar of iemand na die eerste, enige keer dat ik wel iets tegen haar heb gezegd. Ik denken in bed? Uit deze vraag is de conclusie te trekken dat ze niets van denken afweet, helder en geconcentreerd. In bed sluit ik mijn ogen en slaap. Wakker worden is wat mij betreft niet meer nodig. Of ik stemmen hoor vanbinnen, wil ze weten, in mijn hoofd, het kan ook in mijn buik zijn, wat voor stemmen, wat zeggen die stemmen, registreert u dat eens aandachtig bij uzelf diep vanbinnen. Bij hoofd brengt ze haar handen naar de zijkanten van haar met smyrnaslierten en -knopen afgebiesde bovenschedel, bij buik haar handen onder het schrijfblad van het bureau tegen haar eigen lichaamsgebied met deze benaming. Voor mij aanschouwelijk gemaakte anatomie voor als ik wellicht niet meer zou weten waar het zich allemaal bevindt. Al dat hout voor haar deur beweegt mee met haar gestes, hoofd, boezem, knie en teen, bis knie en teen. In de glazen van haar bril zie ik mezelf. Ik registreer. Ik zie mezelf in haar etalageruiten aandachtig registreren. Daar verloor Alva zijn bril, in Den Briel, in zestienzoveel, vijftienzoveel. Of het menselijke stemmen zijn, wil ze weten, of die van reptielen of olifanten. Zie en hoor ik weleens ijzeren balken die aan kettingen aan het plafond hangen, je kan hier gek worden wanneer je wil, en die heen en weer slingeren tegen mijn hoofd, van welke dreunen ik de echo's in mijn brein verneem, klinkend als gebonk op heipalen. Hoe is het mogelijk. Vanachter haar enigszins bolle glazen, de ene dag rond, de volgende dag vierkantig, dan weer als omgevallen eieren qua vorm, de ene dag omlijst, de volgende dag niet, registreert ze hoe ik haar registreer. Met dat computerscherm voor haar Brielse ammunitie. In plaats van te luisteren, ze luistert nooit, is ze met haar rusteloze vingers bezig op die toetsen. Je komt binnen en ze begint te toetsen. Wat toetst ze allemaal in die lichtbak? Meneer Busken heeft zijn trui binnenstebuiten aan. Meneer Busken pulkt aan zijn vingernagels. Meneer Busken lijkt geobsedeerd door vrouwenborsten. Dan toch niet de hare, toets ik eronder. Meneer Busken volhardt in zwijgen. Door haar zit ik hier, in dit zogeheten zorgcentrum of hoe het wordt genoemd, in deze wielstoel, in deze riemen met een fluitje aan de hartkant van mijn overhemd. We houden u een poosje hier, meneer Busken. Het is onverantwoord u weer naar huis te laten gaan. Voor uw eigen welbevinden, uw eigen blaatblaat kokkelkokkel. O ja godverdomme? brulde ik haar in d'r gezicht, dat zullen we nog weleens zien. Wat denk jij wel wiewat je bent, geblutste mafklapper, en tegen wie je het hebt. Weet jij wel wie ik ben. Ik ga zelf over mijn welbevinden en daar heb jij met je lurpse blauwe gepenkop geen spleet mee te maken of iemand anders hier lazer op. Geen bijster sterke tekst als weerwoord, reactie, uiting van mijn woede en aanvliegende paniek, terwijl ik toch een bezonken intellectueel en geestesaristocraat ben, een geletterde met een welhaast religieus taalbesef en een woordenvariëteit als een bloementuin, waarmee ik mijn gedachten adequaat en helder, tevens elegant, weet te formuleren, daar sta ik om bekend, maar mijn woordenkamer lag chaotisch overhoop. Dit was die enige keer dat ik mij met haar verstond. Ze zal mij luid en duidelijk hebben verstaan. Tevens de laatste keer dat ik hier überhaupt mijn stem heb gebruikt. Ik dacht zwets jij maar, ik bel gewoon een taxi en ga naar huis.

Maar dat lieten ze me niet doen en ik bevond me te diep in het bolwerk om aan wegrennen te beginnen. Al die gangen. Alles zit daar op slot ook. De hoofdingang van het Medisch Centrum binnengereden en daar ergens onder schijnwerperslicht poliklinisch met een nietpistool tegen mijn achterhoofd gerestaureerd, daar kwam ook een tondeuse bij te pas, die van achter happen uit mijn haar vrat, bleek ik me, overeind gezet, niet anders dan op wankele benen te kunnen verplaatsen, vallend tegen muren kantelend, zwabberend, en voerden ze me binnendoor elders heen, een andere vleugel, waar ik sedertdien ben en niet meer uit kom. Mijn keel verzengelde van smartelijke dorst en van het brullen. Met brandende keel bleef ik brullen, al die gangen door, liften in, trappen af of op, al die deuren, tot in de cel waar wel vijf bewaarders, een van vrouwelijke kunne, allemaal in van die uniformoveralls, me naar binnen worstelden, daar was ook het raam op slot. Ze bonden me vast op het bed. De vrouw kwam met een kartonnetje vloeistof met een rietje, dat ze mijn mond in wrong. Ik liet het uit mijn mond over mijn kin hals borst lopen. Ik wenste godgod en nog eens godverdegod iets krachtigers, gaf ik te kennen. Kreeg ik niet. U hebt meer dan genoeg gehad. U bent gevallen. U bent beschonken meneer. U bent gemeen gevallen. Nu moet u rustig worden meneer. Meneer! Menéér! En dat ze ook nog met injectiespuiten kwamen, waartegen ik me evenmin kon verzetten, al gaf ik met versterkt geloei uiting aan mijn protest. En met grote zwarte pillen of capsules die ze tussen en achter mijn tanden propten en die ze me dwongen met wurggrepen rond mijn keel door te slikken. Zo is het gegaan geschied en gebeurd en blijft het een diepe schande. Dit hele beloop van zaken is een flagrante inbraak op de rechten van de mens, waarover ik me alsnog zal beklagen in allergestrengste termen in een aan te tekenen schrijven per adres het Vredespaleis. Allemaal te danken aan haar, de harpij Carola met haar bril en computer en papieren en formulieren. Naast het bakje met paperclips heeft ze een bakje pepermuntjes staan, waar ze doornig doortoetsend soms een van neemt. Als ik erbij ben houdt ze me die witte pastilles voor. U ook eentje, meneer Busken, ga uw gang hoor. Ik beweeg geen spier. Meneer Busken weigert pepermuntje. Krijg je mond- en keelkanker van. Verhoogt de kans op blindheid en longkanker. Kan impotentie veroorzaken. Vermindert de vruchtbaarheid. In ieder geval haal je er de honderd niet mee. En meer van dergelijke beloften. Daar is een speciale telefoonlijn voor, net als voor zelfmoord. Allemaal door haar. Er moet een orkaan naar haar worden vernoemd. Met haar stempels en stempelkussen.

Toen ze me alleen hadden gelaten op dat bed in die kamer, piste ik in mijn broek. Het gebeurde zomaar, het stroomde zomaar, ik kon het niet stoppen en besefte nog het niet eens als onaangenaam te ervaren. Er ontstond een warme wolk die als thee tussen mijn benen spoelde. Er is een bij rond mijn hoofd komen zoemen, die steeds tegen mijn gezicht botst. Ook voor een persoon van marmer is dit hinderlijk. Het moet nu zowat zomer zijn, denk ik. Buiten de terreinen van deze instelling ligt het weiland dat ik door het raam in mijn kamer over de gevangenismuur heen kan zien. Aan de overzijde daarvan, in een bouwseltje van planken met iets als een dak eroverheen, staan bijenkorven. Nuttige diertjes, deze vliesvleugeligen, maar ik moet ze niet met hun angels, priemen en harpoenen. Krachtig schudden met mijn hoofd, zoals ik zuster Morton heb zien doen, heeft niet tot gevolg dat het nijvere schepsel zich naar elders begeeft, het komt op mijn bovenlip zitten, kaatst zichzelf tegen mijn ene ooghoek, kriebelt door het laatste haar dat ik nog heb. Ik steek een sigaret op. Het insect verdwijnt in wat ik uitblaas. De omgeving laten meeroken heet voor de omgeving even funest te zijn als het roken voor de roker zelf is. Moge het zo zijn. Ik lees: Tabaksrook bevat meer dan 70 stoffen die kanker veroorzaken. Hoeveel is meer dan? Nooit vermelden hoeveel precies, altijd zeggen meer dan. U bent meer dan niet goed wijs meneer Busken. Dat zeggen ze niet, maar ik stel helder vast dat ze het meer dan eens denken. U hebt meer dan genoeg gehad, u krijgt een pil en een spuit. U moet eerst afkikkeren van uw drankgewoonte, dat is het grootste probleem. Ikzelf heb het nooit als een probleem ervaren. En ontstressen moet u. Daarna beslissen we wat we voor u zullen beslissen. Roken is ook heel slecht, maar we doen één ding tegelijk. De verjaagde apis mellifera duikt in de oprijstruiken, terwijl een andere neerstrijkt op mijn knie. Daar hoef ik maar met de vuurpunt naar te wijzen. Rokers sterven jonger. Dat staat allemaal op onschuldige pakjes sigaretten met vreeswekkende gruwelplaatjes erbij. Hoe oud moet ik nog worden om jong te sterven. Nog verder dan het weiland waar ik van bovenaf overheen kan kijken, een heel eind verder, ligt een dorp of een buitenwijk van een stad. Een torentje van een kerk of zoiets. Huisjes. In de mij binnen toegewezen kamer zet ik een der beide daar aanwezige stoelen bij het raam. Er is niets te zien maar ik wil het zien. In die kamer ben ik, op het gezamenlijke eten en de buiten te roken sigaret na, zo goed als altijd. Om alleen te zijn, weg van de hordes. Ik moet alleen zijn. Laat mij alleen. Helaas kan de deur niet op slot. Als je bent weggelopen of na een ander ernstig vergrijp, dan wel bij overdraagbare cholera of schurft, gaat hij aan de buitenkant op slot, aan de binnenkant is niet eens een sleutelgat, dus kan altijd eenieder, bij voorkeur zonder te kloppen ook nog, mijn kamer betreden. Dikwijls zo'n qua kleding genderneutrale verzorgende die aanwezig blijft om vast te stellen dat ik de pillen cachetten poeders capsules pastilles die zo'n witbroek op een wagentje naar binnen is komen schuiven wel degelijk tot mij neem. Wilt u er melk, karnemelk of yoghurt bij, meneer Busken? Ook komt voor dat een medehotelgast zich in mijn domein vertoont. Deze kan ik doorgaans met een kalasjnikovvuurstoot uit mijn ogen meteen de gang weer op jagen, wat echter niet altijd lukt en zoiemand blijft rondhangen en mij afhouden van mijn geestesarbeid. 's Avonds is er licht in gindse bewoonde wereld. In de huisjes gaan de lampen aan en kijken de raampjes naar mij terug. Als alle televisies zijn gedoofd en alle nachtkaarsen uitgeblazen, blijft boven het gebied een blauwe lichtgloed zichtbaar. Daar wil ik naar kijken. Mijn gedachten stuiven naar overal in het rond. Warrelen als bijen. Laat mij. Alleen. Hier. Zitten. Ik. Denk. Halverwege de avond komen ze het gordijn voor het raam sluiten, dat ik weer open als ze weg zijn, want ik voel het in mijn keel, die afgeslotenheid binnen alle afgeslotenheid, een stremmend geschuur in mijn luchtbuis van benauwdheid waarin ik dreig te stikken zonder de zekerheid dat hierbuiten nog een wereld bestaat, dezelfde als waar ik was voordat ik opeens hier was. Misschien is die zekerheid helemaal geen zekerheid maar slechts verbeelding ergens in mijn hoofd, dat peins ik weleens met bange angst, en zijn die huisjes in de verte onder dat blauwe waas een fantasmorgana, het hoeft maar te misten en alles is weg. Neem mij met een gesloten gordijn het raam niet af en het ingelijste uitzicht om naar te kijken vanaf de stoel of vanuit het bed op mijn rechterzij. Wat ik zie dat zie ik. Het angstidee dat buiten dit ommuurde oord geen wereld meer zou bestaan, verdwenen in mythische wateren, bedolven onder vulkaanas, weggeblazen door kernbommen, ontstond in mijn gedachtebazaar en bleef geruime tijd hangen nadat ik uit het artificiële coma was herrezen. Tijd? Geruime tijd? Ik had geen enkel besef van tijd en mijn aanwezigheid daarin. Toen ik weer bij positieven kwam waren er duizenden jaren verstreken waar ik geen herinnering aan had, of waren er tijdens mijn afwezigheid al duizenden jaren aan de gang waarin ik sedert mijn ontwaken voortdurend het gevoel heb eruit te worden weggegumd als een mislukte potloodtekening. Ik dwaalde rond in een overeind gebleven reservaat, bevolkt door in leven gebleven subhumane wezens waartoe ook ik bleek te zijn ingedeeld, rede en richting bijster. Ik was hier geboren of ontstaan en woonde hier nu eenmaal tussen al die oorspronkelijk ongetwijfeld witte muren, waar de ene soms zijn bord met eten tegenaan gooit, de andere stront die hij er met beide handen op uitsmeert tot uitwaaierende vogelstaarten. Ik was uit de riemen waarmee ze me in het bed hadden vastgesnoerd opgestaan als Kaspar Hauser, al herinnerde ik me deze naam niet meteen. Zat vanaf zijn geboorte of ontstaan zielsalleen opgevouwen vastgebonden in een kamertje als dit. Kon eerst niet lopen. Had niet leren praten. Nooit iets gehoord dan stilte. Mijn stilte kan ik horen als tikjes of geritsel van zachte regen. Ik kon opeens ook niet meer lopen anders dan met rubberen benen en naar binnen gedraaide voeten, vooral niet meer door vlijmende rugpijn van schouders tot beneden. Fysiotherapeuten. Op maan en woens Hilde, op dins en donder Rutger. Het is van belang deze dagen gedegen te onthouden en niet door elkaar te halen. Inmiddels gaat lopen weer enigszins achter een rollator zoals ik er voor mijn internering ook een had om op te leunen en mee door de ruimte te hinkelen. De rugpijn is te verdragen als ik niet loop maar zit. In de rolstoel. Op de stoel voor het raam. Of lig. In bed, wat hier alleen mag als het bedtijd is. Niets te zien. De hoge muur, bewoekerd door klimop. Daarachter het weiland met elf koeien, een paard en een boom. Toen het gisteren, vannacht ook nog, zo regende, groepten de dieren dicht tegen elkaar aan onder de boom, zoals er hier zijn die bij elkaar in bed kruipen tegen de angst voor de bliksem. De leiding ziet dat liefst niet. Aan de horizon van de grasvlakte staan de zeven bijenkorven. Dan komt er niks dat ik kan zien omdat achter het bijenhuis hoge groeisels het zicht belemmeren. Pas kilometers verderop torent dat torentje tussen de huisjes, bijna Madurodams, zo ver weg, ik kan er niets zien bewegen, alleen de dieren dichterbij hebben het overleefd. Soms vliegt er een duif over alles heen. Mit einem Ölblatt in dem Munde. Tegen de toren blinkert iets, waarschijnlijk de door een zonnestraal aangeraakte cijferplaat van een klok, van mij uit gezien niet groter dan een punaise, die waarschijnlijk al duizenden jaren stilstaat. Wat beweegt is wat omgaat in mijn hersenkoepel en mijn hand die alles noteert wat ik denk op een rol papier uit een afgedankt faxapparaat sjerrebekke schietspoele djikke djakke kerre koltjes klits klets. Mijn hand beweegt zonder te schrijven toch wel, ik kan het trillen niet stoppen.

... schrik ik zo, dat de sigaret mijn hand ontglipt, doordat er onverhoeds iets op mijn schouder ploft van boven uit de bomen, losgeraakt in de wind. Een sparappel, nee. Een condorsnest? Een uit de takken neergestort dood vogeltje, een levend vogeltje, een tros bijen? Het kaatst een paar keer terug met zachte, toch goed voelbare klopjes, blijft even liggen, verdwijnt met een veeg naar mijn armgewricht en er hoort een stem bij. Van Mieneke Kalckbrander, die mij onhoorbaar over het gras moet zijn genaderd, zij ook in de veronderstelling dat de grensaanduiding tussen daar en hier mag worden genegeerd omdat ze me hier, aan de verboden kant, ziet zitten. Men moet mij, hoewel beslist liever niet, aanraken op delen van mijn lichaam waar ik kan zien dat het gebeurt of zal gebeuren, zeker niet onverwacht vanachter als ik ook niets hoor. De schrikreactie botst door me heen tot in de wielen van de stoel en er ontsnapt me een grom waarvan uit het ingewand van mijn hoofd snot mijn neus in druipt. Ha Buskentjebozemans, zegt ze, het scharrelhoen, totaal gaga, jaar of tachtig, net als ik, maar in mijn bovenkamer staat alles nog op zijn plaats. Haarknotje in haar nek, waar het vastzit met een drietandig kammetje. De jurk met de gezichtjes die ze vaker draagt. Haar tanige rimpelgezichtje, altijd met het lachje van onnozelheid, en maar kwebbelen tegen iedereen, ik denk zowat de enige te zijn die er iets van begrijpt, al zeg ik niets terug en denkt iedereen, zij allicht ook, dat ik doof ben. Dat ben ik eigenlijk ook. Ze zoekt dikwijls mijn gezelschap, hoezo en waarom is een raadsel, tot in mijn cel aan toe komt ze binnengedribbeld als ik daar alleen wil zijn. Gaat ze naast me zitten op een andere stoel. Kijken we samen door het glas naar buiten naar niks. Als ik aan mijn traktaten werk kijkt ze toe. Wat krabbel je daar toch allemaal in van die rare lettertjes en tekentjes, schrijf je ondersteboven of zo, wat betekenen al die verschillende kleuren, hier heb je ernaast gekleurd, wat ziet het er complicated uit. Haar ontzag voor mijn autoriteit in geleerdheid en letteren is immens. Soms glimlach ik ook naar haar, mits ze dit aan niemand doorrebbelt. Het is goed dat aan mij niet is te zien dat ik glimlach, het gebeurt vanbinnen, zodat zij en iedereen denkt dat mijn doorleefde, markante hoofd net als dat van

Schopenhauer altijd kwaaiige somberheid uitdrukt vanwege mijn diepe ernst. Zij is de enige in het gevangenishotel die ik bij perioden enigszins kan verdragen. Hoewel. Voetje naast voetje zoals ze loopt zonder stok of schuifelwagentje is ze voor me komen staan, haar magere lijf naar de sigaret gekromd, die op het voetenplankje van mijn vehikel is gevallen. Ze raapt het enige mij nog resterende en met mate gegunde genotmiddel met de preciositeit als van een suikertangetje tussen de toppen van haar duim en wijsvinger voor me op. Eerst brengt ze het naar haar eigen mond om er een trek uit te zuigen, waarbij ik het vuur door de as en het papier zie gloeien. Ze inhaleert tot haar navel, Haaa! verzucht ze, en ze pakt dan mijn hand, wat ik haar toesta, om de peuk tussen mijn vingers te bevestigen, want het beven heeft zich door de schrik door mijn hele onderarm voortgezet. Lekker in het zonnetje, meen ik dat ze zegt, met een vraagteken erachter, alsof ze verwacht dat ik nu blij zal knikken en mijn mond zich zal plooien zoals op de ronde gezichtjes op haar jurk, allemaal in halve hoepelvorm naar boven gericht onder twee stipjes, dat zijn de ogen, anders zijn het geen gezichtjes. Een van de knopen aan de zijkant, waarmee de jurk wordt gesloten, bungelt aan een garendraadje, er hoeft weinig te gebeuren of ze houdt hem los in haar hand. In close-up. Het is een knoop met twee gaatjes. Er zijn ook even grote dan wel even kleine knopen met vier gaatjes. Alsook knopen met één gaatje in het midden. Ik bezit deze kennis aangezien ik een expert in de knopenmaterie ben. Ik wijs naar de loshangende knoop, wat Mieneke Kalckbrander ontgaat. Ze is voortgegaan: Lekker toch, weer met vraagteken. De laatste dunne rook komt met haar woorden mee en vervluchtigt voor de oudedamesmond met de kloofjes. Dat wordt straks blitsgezellig, kraait ze, als die wind tenminste geen roet door de sausjes blaast. Van haar beroemde rechterhand, waarmee ze me de sigaret heeft teruggegeven, is de wijsvinger naast haar wang naar boven gericht, evenals haar ogen. Daar klinkt de wind, zegt ze, als een trein die heel in de verte voorbijrijdt. Trein? Waar rijdt die heen? Terug naar het beginstation waar hij was voordat hij aan de heenweg begon. De terugroute lijkt altijd sneller te verlopen en zelfs korter te zijn. Dat is mijn ervaring na de vele reizen die ik heb ondernomen, mijn diplomatieke missies combinerend met mijn wetenschappelijke onderzoekingen en studies. Het beeld van de terugweg blijft vasthaken in de soep van gedachten die ontstaat als ik me niet helder concentreer en ik mezelf moet uitleggen wat ik bedoel. Ik zit in die trein, ik ben er de machinist van, terug naar eerdere stations, op weg naar het begin als eindpunt. In godsnaam niet aan vroeger denken, al het huidige is angstaanjagend verschrikkelijk genoeg. Wat straks? Ik heb dit woord wel degelijk uit haar mond opgevangen en een uur of aantal uren geleden ook uit het spreekgat van Wolff. Er zou geen wind zijn vandaag hè, zegt Mieneke Kalckbrander. Dat zeiden ze op de televisie gisteravond en vanmorgen weer. Aangename temperatuur. Een prachtige dag in deze indian summer zeiden ze. Voordat de bladeren gaan vallen. Jolly good weather for a barbecue. Haar hand tekent een arabesk, met haar kies voegt ze er een klikgeluidje bij. De Engelse woorden zoals zij ze uitspreekt klinken Amerikaans. Haar Hollywoodaccent. Wie ze niet allemaal heeft gekend in de filmwereld en wat ze daar niet allemaal heeft meegemaakt. Haar verhalen daarover in mijn kamer, ik zwijgend en met haar naar buiten starend als naar een actieloze film, zij pratend, pratend. Deze hand hier hè, daar heb ik in de fleur van mijn jaren dollars mee verdiend, man, geloof je niet hè. Zij was figurante in rolprenten uit de cinematografische canon, in dier voege dat niet zijzelf in beeld kwam, maar een detail van haar, zijnde die hand. In kramperige fiorituren bewoog ze die voor mijn gezicht, een oude hand, net als de mijne bezet met rimpels en vlekken en aders die er als blauwe pieren overheen kronkelen. In de film liggen de speelkaarten in laddertjes op de salontafel. In de rol van eenzame vrouw zit de filmdiva te patiencen. Nu eens is het licht niet goed en moet er worden gewacht tot het wel goed is. Dan is er weer wat anders, altijd eindeloos wachten in de filmbrans, de opname moet opnieuw en nog eens opnieuw en nog eens, al is er alleen maar een vrouwenhand nodig om in close-up, dit betekent van dichtbij, de kaarten van hier naar daar te verplaatsen. Dat is dan Mieneke Kalckbranders hand, want de glorieuze actrice is te glorieus en ongeduldig voor het gedoe en is in haar Lamborghini met negerchauffeur in uniform naar huis gegaan, waar haar vijfde echtgenoot haar bij het zwembad met haar lievelingscocktail opwacht hè. In close-up neemt een hand iets op van de vloer of een meubelstuk, een schoen met een nylonkous ernaast in close-up, een boek waarin moet worden gebladerd, een glas, een pistool. Een hand schrijft een brief, streelt een viool, plukt een bloem, verfrommelt een zakdoek, verstrengelt zich met de andere hand, beide handen rusten op schoot, neemt de telefoonhoorn, glijdt met wijsvinger over een landkaart. Daar kunnen uren, halve dagen mee heengaan voor het de director naar de zin is, daar heb jij geen idee van, Buskesbubbelkereltje, wat daar allemaal bij komt kijken. Deze hand hier is in tientallen films te zien, nog steeds, al worden de meeste niet meer vertoond, jammer hoor. Tot mijn driftige ongenoegen, ik schrik nu eenmaal van iedere onverwachte aanraking, sloeg ze bij deze woorden haar fameuze jat op mijn bovenbeen, ik bewoog het geïrriteerd een paar keer heen en weer, maar zij liet hem liggen alsof het moest worden gefilmd, tevens liet ik mijn grom horen vanwege de gemeenzame verbastering van mijn naam. Zij zal met haar overhoopliggende breinwereld niet weten of zijn vergeten dat die mondiaal in mijn vakgebied en daarbuiten grotere bekendheid geniet, alom met eerbied uitgesproken, dan haar filmhand. Behalve dollars kreeg ze er vrijkaarten voor, ook wel een doosje bonbons of een gesigneerde glamourfoto van de actrice wier hand ze had vertolkt, eens een kus van Marilyn. Voor me staand, mij het zicht benemend, klauwt ze me het doosje sigaretten af, dat ik met de aansteker, die ze zich ook toe-eigent, juist in mijn kleren wilde terugstoppen. Ik neem een rokertje van je, vind je wel okee toch? Er zaten nog drie sigaretten in het doosje, nu nog maar twee zitten erin. Mijn vriend Herman brengt sigaretten voor me mee, in te leveren bij de balie. Ze maken alle pakjes open om te controleren of er niet iets anders in zit dan sigaretten. De gedetineerden van Madeleine ontvangen vijf sigaretten per dag, buiten te roken, in doosjes waar eerder pillen of dergelijke heelmiddelen in hebben gezeten, soms met de bijsluiters er nog bij. De letters x, y en q, sporadisch in gangbare teksten, komen evenals ph en de z des te veelvuldiger voor in de benamingen van tegen ziekten en aandoeningen in te nemen medicamenteuze consumptiegoederen, dat heb ik er samen met sigaretten van opgestoken. Apyzenyxe. Seroquel. Zuroproxyquotz. Aanstekers en andere vuurontwikkelaars zijn binnenshuis ten striktste verboden, in te leveren bij de balie en aldaar nederig om te vragen door wie buiten in de regen wil gaan roken. Herman komt niet zo dikwijls meer, de door hem voor mij aan te vullen voorraad sigaretten raakt op. Dit zijn de laatste vijf, meneer Busken, vanaf morgen is het definitief afkikkeren geblazen. Woorden van de baliedruif vanmorgen. Waarom zie ik Herman almaar minder, is hij ziek of ook geëmigreerd zoals mijn dochter, geen idee meer hoe die heet, ik denk nooit aan haar. Hoe zou het met Babet zijn met die haar tanden. Geen sigaretten meer bezorgt me grote onrust, wat nadelig is voor mijn psychisch gestel. Nog maar drie vandaag en de dag is net begonnen. Heb ik er nu al eerder een gerookt? Dat herinner ik me niet. Waar is de vijfde sigaret? Misschien, anders ontaard ik in wanhoop, komt hij vandaag dan wel morgen op zijn laatst toch nog, Herman, trouwe vriend. Dat hoop ik. Daar is mijn hoop op gevestigd. Vurig. Als een sigaret. Ik houd mijn hoop brandend. Hoop doet leven, al geef ik er niks om, om leven, wel om sigaretten. Ik laat mijn hoop niet in rook opgaan als sigaretten en uiteindelijk het leven zelf. Ik kijk naar Mieneke Kalckbranders hand, die met de aansteker vuur naar de mij ontstolen sigaret brengt, mij de vlammenwerper terugstopt, de sigaret tussen duim en wijsvinger vasthoudt nadat ze er een teug van heeft ingezogen. Weer Haaaa! dat met de rook zingend haar keel uit drijft. Haar hand, thans uit de tijd. Voor de continuïteit mocht je natuurlijk niet tussen de shots door je nagels knippen of ze uit verveling tijdens het lange wachten groen of paars schilderen als ze bij het schrijven van de brief in een punt uitliepen en roze waren geweest, begrijp je, dat luistert nauw hè. Ik heb daar leren roken. En zuipen. Tjemig. Zo ratelde ze terwijl ik naar de punaise in het verschiet bleef staren, zij haar hand eindelijk van mijn been verwijderde, waar een warme, toen een koude plek op achterbleef. Nu herhaalt ze dat ze zich verheugt op straks, als de wind tenminste maar daar boven blijft en niet de worstjes van de plastic vorkjes komt blazen. Heb ik correct verstaan dat ze het woord barbecue uitsprak? Op zijn Hollywoods? Kennelijk leest ze uit mijn blik de beide redenen van mijn ogenblikkelijke verontrustheid. Ik weet van niks, dat is één. Mij vertelt nooit iemand iets, want ik ben aan het dementeren, naar alhier hardop waar ik bij zit wordt beweerd. Of veralzheimd. Of kinds. Of mataklap. Of nog anders kierewiet. Tot meneer Busken dringt niks meer door. Welk een grove misvatting. Twee: er dreigt een verschrikking waar ik absoluut afzijdig van wil blijven zoals ik bij voorbaat meteen al weet. Dat stond op het mededelingenbord, zegt Mieneke Kalckbrander. Ze denkt toch niet dat ik de boodschapjes op dat bord lees en tot mijn kosmos toelaat. Bingoavond. Bloemschikken voor liefhebbers. Vogels kijken met lichtbeelden. Creatief knutselen. Oecumenische dienst geleid door dominee A.J.L. Portegies Zwart en pater Ronald Vliegenthert in het stiltecentrum van het ziekenhuis. Spijts mijn overtuiging dat alle godsdienst op geestesverbijstering stoelt, heb ik zoiets eens bijgewoond. Per ongeluk, per vervloekt misverstand, buiten mijn opzet, mijn opzet was een geheel andere, en uiteraard helemaal buiten mijn wil. Schijnheilig begaf ik me er zogenaamd heen op weg met een gezelschapje kerkdebielen, bij wie ik me voor de gesloten binnendeur van Madeleine had aangesloten op mijn slappe benen gevuld met houtsnippers achter een rollator, wat me soms met enig doorzetten nog lukt. Ik ben een doorzetter. Instituut Madeleine maakt deel uit van het grote ziekenhuis dat zich als een oorlogsbodem in het landschap aftekent, de gesloten afdeling waar ik me met andere gasten bevind is er een autonoom aanplaksel van, zoals ik uit een rondslingerende folder met foto's en plattegronden had begrepen. De oecumeneplek is gesitueerd in een gangengebied van het ziekenhuis, waar de weg naar de vrije wereld niet moeilijk te vinden kon zijn, zo deduceerde ik. Onderweg naar de vrome bijeenkomst slaagde ik erin me van de kerkgangers en de begeleidende cipier los te maken. Op een muur stond uitgang met een wijzende vinger en de instructie volg de gele lijn. Met mijn ellebogen op de handgrepen van het loophulpmiddel wist ik sloffend, hijgend, zuchtend van pijn over de gele streep een lift te bereiken en toen de deuren ervan zich openden voelde ik in mijn borstholte het gejuich en gejoel van vreugde, mijn ontsnapping uit Château d'If was begonnen. Maar voordat ik mijn looptuig naar binnen had kunnen rollen, hielden twee verzorgenden mij hiervan af, een ervan was Antoon, die het groepje devotelingen naar de gebedsruimte had geëscorteerd en mij al kwijt was naar hij zei, de andere was mij onbekend, gekleed in zo'n zelfde uitdossing maar donkerder en met een soort badmuts over zijn haar, doorzichtig, met elastiek van zijn nek tot zijn wenkbrauwen, deze kerel, stevig postuur, sterk, klemde zijn arm rond mijn schouder alsof ik zijn arrestant was in naam der wet. Dit is een dienstlift, meneer, zei hij. Die gaat omlaag naar de kelder, daar hoeft u voorlopig niet te zijn, het is nog niet zover met u haha. Hierdoorheen bracht Antoon uit: Maar meneer

Busken, u bent helemaal aan het verdwalen en u loopt al zo moeilijk. Ik ga een rolstoel voor u halen. Zo werd ik alsnog de kathedraal in gereden zoals de paus op zijn plankier op wieltjes, naarmate het steeds verder afkalfde in zijn Poolse brein kon hij ook al die kilometers naar het altaar niet meer te voet overbruggen. Volgens het opschrift boven de deur heet dit gebied Stee van Stilte. De lokaliteit is gevuld met kerkbanken, een altaar, een preekverhoog, tal van jezuschristussen, als beeld, als muurschildering, als lichtspook in een glasinloodraam, waartoe wel van buitenaf de zon ertegen moet schijnen. Behalve door het gelul van de voorgangers wordt de beloofde stilte er gekraakt door een amechtig harmonium, betoetst door een kobold die simultaan met hoofdschuddingen de maat aangeeft bij het gemekker van een tweemans, drievrouws zangkoortje, zanger was hij zelf. Dit en die badmuts ben ik blijven onthouden, de herinnering zelf aan mijn verdwijnplan en het failliet van de uitvoering en de afloop ervan was uit mijn geheugen weg, totaal vergeten, terwijl ik nooit iets vergeet, hoe komt het nu opeens in mij terug? Doordat mijn denkende neutronen bij het mededelingenbord zijn blijven verwijlen. Die pater Vliegenthert is me later nog komen bezoeken, wat moest plaatsvinden in de gemeenschapsruimte, niet in mijn kamer, dat wilde hij niet, hij had een gevulde koek in cellofaan voor me bij zich, aan mijn geheugen mankeert niets. Dat mens Carola zegt dat het mogelijk is herinneringen te verdringen, ze onherinnerbaar bij wijze van spreken in een diepe put te dumpen met vastgestampte aarde eroverheen, waar vanzelf grassen en distels op gaan groeien. Ik keek haar alleen maar aan, ik zag mezelf in haar bril. Ik denk dat u heel wat dingetjes hebt verdrongen, voegde ze eraan toe. Dingetjes! De psychiatrica met haar leptop. We kunnen proberen het allemaal weer naar boven te halen, zei ze ook nog, soms zelfs dingetjes uit uw vroegste jeugd waarvan u niet eens wist dat u ze zich niet herinnerde. Din ge tjes! Wat weet zij met haar kolder van de flonkerende schatten in mijn memorie, ik zal daar in mijn geschriften nog over uitweiden. Welke eminente beroemdheden mij hebben gekend en al die ravissante minnaressen. Mieneke Kalckbrander schiet met haar wijsvingernagel het sigarettenstompje van haar duim, een mooie boog van korte vonken die naastachter mij neerkomt in de droge dennennaalden. Ze zal zich deze vaardigheid voor een cowboy- of gangsterfilm hebben eigen gemaakt. Vroeger kon ik dat ook, van schouderhoogte in rechte lijn van me af. Tuinfeestje ooit, zo'n halve eeuw of langer geleden, ik weet wel degelijk nog de precieze datum. Mijn peuk kwam in de keurige vijver terecht, waar de dure brasems er vanonder de plompenbladeren op afdoken en een van die oranje mormels hem in zijn trechter liet glijden. Ik ben tijdens deze party episch dronken geworden. De Russische ambassadeur liep er rond. En Beatrix. In die dictie van d'r, welke ze in haar latere staatshoofdjaren nog zou aandraaien tot bijna-kokhalzen, richtte deze zich, ook zij met een sigaret in de knuist waarmee ze tevens een glas omklemde, pardoes tot mij. Ik wil niet indiscreet zijn heur, maar mag ik u vragen wat u doet, meneer Bumper? Ik ben polair meteoroloog, antwoordde ik, als je dat misschien bedoelt. Wat dien ik mij daarbij veur te stallen? Zij ook tipsy. Ik maak deel uit van het internationale onderzoekteam ter zake de smeltende ijsmassa's op de noordpool. Daar had ze niet van terug. Brr, erg koud zeker tussen al die pingkwins? Hierbij rammelde ze met de ijsblokjes in haar glas. Koud ja, viel ik haar bij, maar pinguïns wonen daar niet heur. En Harry Mulisch die was er ook. Stenen bruidsbed. Wat er toch door een mens zijn hoofd omgaat als hij zich een ogenblik laat gaan door aan niets bepaalds te denken, dus aan van alles door elkaar heen, wat daar dan als heidegeesten in rondwaart. Dingetjes. Mijn moeder was er trouwens ook, maar deed of ze me niet kende. Ik kende haar ook niet. Heden kan ik zo'n peuk niet meer uit de hand lanceren omdat mijn handen sidderen. Ik laat het eindje sigaret naast het wiel uit mijn vingers in het gras vallen. Er zijn enige personen, drie, op Mieneke Kalckbrander afgekomen, die veel te hard praten en te dicht om mij heen bewegen, kwetterend over barbecue, een van hen, in een saffraangeel zomerjasje met verticale oranje strepen, spreekt het uit als barbiekuu. Deze geklutste persoon is afkomstig uit een onzer voormalige overzeese koloniale wingewesten en is donker van huid. Nooit zwart zeggen. Dat andere woord al helemaal nooit. Ik ken deze figuren natuurlijk, zij het niet van naam, van zien ronddrentelen in de lokalen en gangen, allemaal zo dolgedraaid als molenwieken. Roetveeg zet zijn schoen met krachtige stamp op het smeulende sigarettenoverschotje, nadat een andere logé had uitgekreten Maar Mieneke pas toch op voor brandgevaar, en zich rennend naar de dennennaalden had begeven om daar ook te gaan stampen. Ga weg van mij, uitdovend volk. Krijg je kaa van, roept nummer drie en steekt er een vuist bij omhoog als op een prent van stakende treinarbeiders uit de jaren dertig. Voegt er op gangbaarder toon aan toe: U hebt sokken aan die niet bij elkaar passen, weet u dat? Had ik ook al gezien, giebelt Mieneke Kalckbrander. De ene grijs, de andere rood gestreept. Je bent vandaag een ietselpietseltje wel erg in de war, hè

Buskiepoep. Deze woorden, die mij verontwaardigen, begeleidt ze met cirkelbewegingen van haar vinger bij haar slaap. Wat me tot overmaat grieft. Iedereen kan van mij de kaa krijgen. Nooit kanker zeggen, je mag het alleen lezen op pakjes sigaretten. Die deftige party was in de kasteeltuin van graaf Dudelom zu Steck von Weingarten, gewoon een patserige Hollander, prat op zijn naam als schuifdeuren die nog dacht mij een rekening voor te kunnen leggen omdat een week later twee van zijn makrelen levenloos tussen de waterlelies dreven. Van sigaretten krijgt je goudvis het aan zijn darmen. Roken is fataal voor uzelf, uw familie, vrienden en uw stille zwemmers. Het gezelschap inclusief Mieneke Kalckbrander verwijdert zich. Het slentert, zich voegend naar Mieneke Kalckbranders traagheid, naar het grasveld verderop, waar Wolff ook nog rondhangt en meer clientèle zich heeft verzameld, ik wil er niet naar kijken. Op sommige momenten, zoals deze, verandert alles wat ik zie, al kijk ik er niet naar, opeens in mistig blauw, lichtblauw, lichtend blauw, fluorescerend, doorzichtig, waarin de kleuren die de dingen werkelijk hebben zijn verdwenen. Dat dateert van sedert het me gebeurde, het me overkwam, het zich aan mij voltrok. Nu eens duurt het een aantal etmalen en slaap ik ook blauw, dan maar enige uren of korter voordat mijn zicht is hersteld. Nu doen mijn soortgenoten op het blauwe gras zich aan mij voor als diafane blauwachtigen in de zon, die blauwachtig licht afstraalt van hun kleren, gezichten en haar. Mijn kleurenonderscheidingsvermogen moet door mijn val dan wel door iets anders toch zodanig in het ongerede zijn geraakt, dat ook al niet is uit te sluiten, zo blijf ik maar redeneren, dat de gele streep, die mij naar de vrijheid zou voeren, in werkelijkheid een andere kleur moet hebben gehad, hoe kon ik me anders zo hebben vergist. Wat me is gebeurd, ik kan beter zeggen wat me kwam te overvallen, herinnerde ik me pas toen ik hier klaarblijkelijk al enige tijd verbleef. Hoelang ik hier verblijf weet ik eigenlijk nog steeds niet. De herinnering eraan kwam niet zozeer meteen in mijn hoofd op, want daar bleef het een periode tohoe wabohoe, maar dreef langzaam uit diepten naar boven doordat ik het afleidde uit snerpende, nietafnemende pijn als mij toegebracht door een cirkelzaag in mijn rug van atlas tot stuit, en ik me afvroeg wat daar de oorzaak van was. Gemeen gevallen, zeiden alle verzorgenden en verondersteld genezenden die opdoemden rondom mijn bed, waarin ik niet in staat was overeind te komen, laat staan dat ik eruit kon stappen. Aangezien ik niet met woorden reageerde, mijn ogen gesloten en mezelf bewegingloos hield omdat iedere beweging voelde als een bajonetstoot, zeiden ze het niet eens tegen mij, maar tegen elkaar. Hij moet achterover zijn geklapt. De ambulance vond hem met een gat in zijn achterhoofd, een plas bloed eromheen, en naast hem een plas alcohol en een gebroken fles. Al was ik aanvankelijk alles vergeten, niet die fles, niet hoe die op de gangtegels in stukken was gevallen. Inzake dit hoe het volgende: Hij zal wel uit mijn hand zijn geglibberd en op de vloer kapot zijn gevallen, dit is het ene, het verklaarbare hoe, maar ik bedoel het ongewone, eerder wonderbaarlijke hoe, dat van het breken zelf. Die fles, uit het vriesvak, want ik prefereer het vocht ijskoud en dat het ietwat stroperig door de keel glijdt, kwam met een delicate tik, als een klankaccentje in een symfonisch werk, voor mijn voeten neer, niet in ordinaire gruzelementen, maar statig deftig langs de naad van schenkmond tot voet in twee exact gelijke helften. De ene helft met holle buik, als een roeibootje, waar nog een streepje van de nobele drank uit wegkabbelde, naar boven, de andere helft met bolle rug, het etiket er nog als een decent jurkje overheen. Zo is het mij wakend en slapend scherp bijgebleven. Al de rest is daarna pas korrelgewijs in me teruggekeerd. Blauw. Ik klapte achterover inderdaad, mijn hoofd met een bonk als van een heiblok tegen de stenen vloer. Meteen begon als een nieteindigende draad een fluittoon door mijn schedel te krassen en gelijktijdig verschoof daar iets. De tegels van de gang in mijn huis waar het gebeurde, om en om rood en ander rood, warm van aanblik als ze juist waren gedweild, wat vroeger nog weleens gebeurde, en de zon erop naar binnen scheen, tegen de witte muren ook, waren opeens kil blauw, de muren ook, de trap ook, het plafond ook, de lamp sproeide blauw licht, ik lag in een blauwe tunnel omhoog te staren. De kerels van de ambulance waren ook blauw. Daar zijn de smurfen, merkte ik nog olijk op. U bent zelf starnakel blauw, meneer. Blijft u stil liggen. Wij tillen u op de brancard en rijden u naar het ziekenhuis. Geen sprake van. Ik verzette me krachthaftig, mepte en trapte, brulde, vloekte, van me afblijven met hun gore poten moesten ze. Staan, lopen, worstelen, wringen, daar was ik op dat moment nog toe in staat, maar zij met hun drieën vormden de overmacht. Van mijn achterhoofd naar mijn nek voelde ik een straal druipen, op de vloer kwamen blauwe spatten van mijn adellijke bloed terecht, ik was me ervan bewust, door de kussensdikke verdovingslagen van mijn dronkenschap heen, die fles was geloof ik al de derde die dag, dat er iets niet in orde was met mijn rug. Speldenprikpijntjes, die pas later, na ontnuchtering in dat ziekenhuisbed, voelbaar werden als steken, snijden, kerven van beitels en messen en toen alle gebeurtenissen en gevolgen daarvan in kalme traagte tot me begonnen door te dringen. Het de laatste tijd regelmatig blauw waarnemen van personen, zaken en de hele wereld moet samenhangen met de neerstorting op mijn hoofd en nekwervels, daarvoor zag ik alleen blauw wat werkelijk blauw is, Delfts, Keuls, Pruisisch, Baltisch blauw, azuur, lazuur, agaat, ceruleum, pastel, indigo, kobalt, aqua- en ultramarijn alsof ik niet weet wat blauw is, en ik weet heus ook wel dat gras en bomen groen zijn en bloemen van de drensdronsstruiken rood. Neem bijen. Die zijn geel en zwart, dat staat mordicus vast. Ik zie er twee bij het snipseltje op het grind in de blauwige zon. Al kan ik vanwege de afstand en de geringheid van hun lijfjes hun tinten niet scherp onderscheiden, voor het gericht zou ik niettemin onder ede durven verklaren dat bijen licht- en donkerblauw gestreept zijn, edelachtbare. Het lichtblauw niet strak begrensd door het donkerblauw, beide blauwen zijn vermengd. Bijen zijn blauwe gediertes. Ze strijken tegenover elkaar neer, ieder aan een zijkant van het iets wat mijn aandacht blijft trekken, zonder te beseffen en zonder me af te vragen wat me er zo aan intrigeert. Iets wat bijen kennelijk aantrekt en van beide zijden tastend wordt aangeraakt. Het lijkt toch te bewegen, ik meen zelfs dat ik het zie opspringen en weer neerkomen, een keer of drie, kleine opverinkjes, waarmee het boven de blauwe honingduikers uitstijgt en ietsje verder probeert neer te komen. Na de laatste levitatie stort het, naar mijn inschatting zonder aanvallende of defensieve opzet en eerder per ongeluk door een mankement aan de motor, op een van de belagers neer. Je zal zo'n voorwerp of lichaam, groter dan het jouwe, vanop zekere hoogte boven op je krijgen. De gebombardeerde bij vlucht, gevolgd door de andere, beide met dolle spiralen om op te lossen in het blauw van de lucht. Maar wat is het voor iets, misschien bloemig gekleurd zodat bijen erdoor worden aangezogen? Aangezien het kennelijk kan springen, mogelijk nog anderszins kan bewegen, waarom maakt het niet dat het wegkomt in plaats van zich te laten attaqueren en blijft het maar wat ripselen aan de grond? Dat zijn zo van die dingen om over na te denken als filosoof.

... nu wil het gerucht dat ik dement zou zijn. Stel je voor. In de wereld gebracht door Carola, ze zei het waar ik bij zat tegen iemand van buiten de instelling, een ongezond opgezwollen mansverschijning met een zwetend kaal hoofd, die het in een boekje opschreef. Dementia en nog iets in het Latijn, welk nog iets ik niet begreep, al ben ik geschoold latinist. Deze puffende vleeshoop vertegenwoordigde een of ander overheidslichaam dat zich bemoeit met mijn particuliere samenstelling. Over de vraag of er een rechter moet worden ingeschakeld om te beslissen of ik mijn aangelegenheden nog zelfstandig kan overzien en beheersen gelet op mijn huidige gesteldheid. Dan wel of er iemand is, een familielid, een vertrouweling van meneer Busken, die het beheer van zijn geld en goederen in samenspraak met het justitiële apparaat in staat en bereid is te voeren. Wie er ook bij zat was de leidinggevende esculaap Risjaar, bril op, bril af, haakvormig uiteinde van brillenbeen in mondhoek. Dat hebben wij via instanties weten na te gaan, sprak hij. Vervolgend: Onze vriend Busken hier heeft ettelijke huwelijken achter de rug, welke geen stand hebben gehouden. Heden is hij ongehuwd en woont hij alleen in dat huis waar zijn moeder heeft gewoond. Er moet een dochter zijn, maar die is zo'n veertig jaar terug geëmigreerd naar ergens, misschien Canada, waar de instanties ons niet konden helpen, onzeker of ze daar verblijft, daar ooit verbleven heeft, waar ze überhaupt verblijft, of ze nog in leven is. Ik een dochter? Zulks vermocht mij te verwarren. Geen idee van enig nageslacht. Risjaar verschafte er zelfs een naam bij: Helga Busken. Ik dacht dat ze Hilda heette, of Tilda, of Gilda. Er begon tussen de kapok in mijn hersengebied een of andere vrouwennaam met een a aan het eind door te schemeren, dat wel, maar zonder dat er een ook maar allervaagst portret werd bij geleverd en het mij onbekend bleef of er ooit een vrouw met dergelijke naam, a aan het eind, in mijn leven heeft gefigureerd. Cliënt Busken herinnert zich veel niet meer, hoorde ik Risjaar betogen, terwijl ik voorwendde dat alles mij ontging, maar intussen, men vergisse zich niet. Dat wordt veroorzaakt door en is het gevolg van dementia en dat andere woord in poffertjeslatijn. Aldus zielenwringster Carola in een bloes van dun textiel, wij mannen zagen er haar in tropisch hout en walvistanden geëmballeerde puilingen doorheen. Haar handen lagen op het dichtgeklapte toetsenapparaat, haar vingers trommelend op het deksel met de lichtgevende aangebeten appel, een ringetje met een steentje aan haar pink. Had ze ook haar frisuur herschikt? Was er iets tussen haar en de dikkerd met zijn boekje, wilde ze iets van hem, hoopte ze iets? Ze mogen me besprenkelen met Latijn en over me beweren wat ze willen, ik kijk scherp, neem helder waar, observeer, registreer, heb alles door, al denken zij en houden ze vol van niet. Ik heb geen Latijnse kwaal, wel rugpijn, wat mij tevens het staan en lopen ernstig bemoeilijkt. Had ik geen last van voordat ik hier werd gestald, ik moet het ten gevolge van mijn vrijheidsberoving hebben opgelopen. De pillen en spuiten die ze me hier opdringen en toebrengen schenken geen genezing of ten minste verzachting van pijn en ander ongemak, volgens mij zijn het embargo's, herstel, placebo's. Ik raakte ernstig in de war van dit driehoeksgesprek, waar ze mij op deze wielen als vierhoek bij hadden gezet, maar ze deden of ik er niet bij aanwezig was, over mij confererend als over een opgezet dier, indien al niet als over een stoeptegel of een metaal uit de kosmos, daar vrijgekomen na een sterrenbotsing. Alzheimer, zei zij met het steentje, waar ik een lichtvonkje uit zag wegspatten. Dat weten wij nog niet positief, onderbrak de directeurende, op zijn beurt onderbroken door de overheidsfiguur: Maar ik zou moeten weten, hij tikte met zijn goedkope pennetje in zijn boekje, is er helemaal niemand in meneers vertrouwde omgeving? Ook nog alzheimer ik? Staat evenmin iets over vermeld op sigarettenpakjes. Er kwam hem wel regelmatig iemand bezoeken, zei de pillengoeroe naar door mij te bevestigen waarheid, iemand uit zijn straat, zekere Herman Skigge, minstens even scheefgeknipt als onze vriend hier. Staan ze zwijgend, knikkend tegenover elkaar sigaretten te roken onder het rookafdak, of als dat niet kan zitten ze roerloos en zonder een woord voor het raam in zijn kamer. Kunnen het klaarblijkelijk voortreffelijk met elkaar vinden, maar of deze persoon de aangewezene is om Buskens financiën met verstand en overleg te beheren? Ik heb hem trouwens al een tijdje niet meer gezien. Waar zijn ze nu weer mee bezig, mijn financiën door een ander laten beheren, hoezo. Het is de geldbulk van wijlen mijn geliefde moeder, het kreng, de tonnen alimentatie van die knopenfabrikant, al over de zeventig toen ze toch nog met veel gebimbam met hem trouwde en met ander gebimbam weer van hem is gescheiden, ze willen het me afnemen door me om te beginnen te beknotten omdat ik zogenaamd dement ben volgens hun analyses, mijn door mij persoonlijk altoos nauwgezet bijgehouden boekhouding gaan ze controleren, mij onder curatele stellen, weten ze wel wie ze voor zich hebben. De ene brillenpoot onderlangs tegen de glazen gevouwen, bevond de andere zich rechtop in de holle vuist des directeurs die de glazen over zijn duim liet ronddraaien. In Hollywood zijn daar close-ups bij nodig. Ik volgde de weerspiegeling hiervan in de vitrineruiten voor het gezicht van de zielenwrikster, achtkantig die middag. Belachelijke trien. Met haar kaartenbak. Wat deed meneer Busken in het gewone leven, had de functionaris gevraagd. Zij schoof met haar duim een fiche uit haar verzameldoos zonder het tussen de andere tevoorschijn te trekken, wierp er een blik op, liet het terugzinken, zei: Hier staat dat hij paleogeneticus is geweest, mij onbekend welke de bron van deze informatie is. Maar hier, ze opende een map en prikte haar vinger op een papier met zo'n stempel, hier staat beroep robotingenieur. Er stortte stilte neer, die er een was van respect en ontzag. Deze vragenlijst is door meneer Busken zelf ingevuld, nietwaar meneer Busken? Als een carrousel ronddraaiende zonnevlekjes tegen het plafond, nu eens links-, dan rechtsom. Als huisgod Risjaar zijn bril niet bewoog, bewoog er boven ook niets. Mijn moeder heette Magda. Komt opeens in me op. Meneer Busken weigert te praten en doet of hij niets hoort, verklaarde Carola. Die haar naam eindigt ook op a. Daar moeten we toch voorzichtig en voorlopig terughoudend over blijven, klonk Risjaar, of het een kwestie van weigeren en doen alsof is. Carola: Ik heb hem toen hij werd binnengebracht duidelijk zijn stem horen gebruiken, ik druk me netjes uit, en vraag het ook maar aan Roderik en Karel hoe hij liep te vloeken en te tieren, Suzan was er ook bij, die hebben het allemaal gehoord. Risjaar, hand en bril en zonnevlokjes weer in beweging: We wachten het onderzoek van professor Teurlings af. Carola: Hij is ons zand in de ogen aan het gooien, hij simuleert zeg ik je. Wij wachten Teurlings af, volhardde de leidinggevende. Toen kwam de transpirerende overheidsknecht hijgend in zijn spek met: Meneer moet iets interlektueels zijn. Wij hebben met overheidstoestemmingen meneers huis bezocht waar wij – een schok van ontzetting knalde door me heen, ik voelde me ervan opveren, haar aan mijn overkant ontging dat geloof ik niet, maar ik kon mijn reactie onmiddellijk neutraliseren door te gaan verzitten op de andere bil, voeten verschuivend op het plankje – een enorme bende aantroffen. Verwaarloosd, kapot, vervuild. Stapels vaat met beschimmelde etensresten, lege of halflege etens- of andere blikjes. Ongewassen kleren overal, die meneer denkelijk altijd zo weer aantrok. In geen tijden verschoond beddengoed, smerige badkamer, stank door het hele huis, muizen en muizenkeutels, spinrag, vliegen, overpuilende asbakken, sigarettenpeuken overal, flessen overal, wij begonnen met in alle kamers de ramen open te zetten. Ik keek naar mezelf in de octaëderbrillenglazen van Godzilla, eindletter a, haar gezicht, inzonderheid haar neus, gekreukt van afkeer. Zo heeft de ambulance het ook aangetroffen toen ze hem ophaalden na hij zo was gevallen, zei ze. Alles voor mij onhoorbaar, want ik ben doof. Maar ook, de ambtenaar breide verder aan zijn verslag, het hele huis vol boeken, alle muren vol boeken van de vloeren tot de plafonds, in zowat alle kamers, stapels boeken op de vieze vloerkleden en overal papier, volgeschreven papier met van alles tot op de trappen aan toe. Daaruit denken wij te kunnen afleiden dat meneer iets interlektueels is of was. Diezelfde stilte weer, waarin men zich zal realiseren dat ik drie keer ben gepromoveerd in wetenschapsgeleerdheid, kan bogen op vijf eredoctoraten en alom ter wereld te boek sta als homo universalis. Een viespeuk ja, zegt u dat maar. Interruptie van de psychia. Eerst de verteller, daarna de overige aanwezigen, ook mij, hield ze het bakje pepermuntjes voor, ik keek juist naar het plafond. Niemand begeerde zoetigheid, zelf nam ze ook niet zo'n witte hostie met het reliëfje van vorstin Wilhelmina der Nederlanden. Dit heb ik onthouden uit de Genesis van mijn bestaan, snoepwinkel Het huukske aan het eind van de Kerkstraat onder de Sint Jan. Dingetje van driehonderd jaar geleden, zonder hypnose in mij naar boven geborreld, stomme trut. Iets te drinken dan, vroeg ze. Glaasje Spa? U hebt het zo warm. Jij Richard? Ze zei gewoon Richard, op zijn Hollands. Mij vroeg ze niets, want ik was er niet. Niemand hoefde iets. Ik zag haar Brielse kogelvoorraad doorschemeren, wat de andere heren ook wel zullen hebben gezien. Richard bracht in het midden: Volgens onze gegevens was hij een poosje, jaren geleden, werkzaam op het ministerie van oorlog defensie landsverdediging hoe heet het. Als wat, zoeken we nog nader uit. Zou ik hebben gesproken, ik zou hebben verklaard: Als strateeg bij de generale staf, mijn tors bedekt met bloembedden van linten en medailles voor heldhaftige verdiensten en uitmuntendheid. Ik geloof dat hij het daar niet verder heeft gebracht dan hulp in de postkamer. Volgens volgende gegevens heeft hij hierna geen gesalarieerde betrekking meer gehad. Zonder zijn relaas te hebben onderbroken was de overheid voortgevaren: Opeens liep er nog iemand met ons mee, waarvan wij eerst dachten dat hij ook een bewoner van het pand was. Na vragen onzerzijds bleek het een overbuurman te zijn, beschikkend over de huissleutel, klaarblijkelijk in nauwe relatie met meneer, zekere Slikking of Stippel of iets met zulke klank. Dat zal die Skigge zijn, veronderstelde de directeur. De man sloeg wat door zweetvocht omkrullende blaadjes van zijn boekje om en weer terug. Skigge, inderdaad, hier staat het, H.J.A. Skigge. Hebben we later kunnen verifiëren. Met deze persoon was het moeilijk contact leggen, uiterst moeilijk te verstaan, want hum hij hum stottert verschrikkelijk en dan nog hum binnensmonds, de directeur knikte, zodat conversatie met hem veel te lang duurde en daar hadden we geen tijd voor. Daarenboven stelden wij vast dat hij niet tot mededeelzaamheid bereid was, de directeur knikte andermaal en zei twee keer ja, en ging hij eigengereid eigenmachtig zijn gang. De heer Skigge nam veel van het beschreven papier mee in een weekendtas die hij bij zich had, ik heb nog geprobeerd dit te verhinderen, maar de heer Skigge drukte me gewoon tegen de muur, liep langs me heen en verliet het pand. Bravo Herman, dierbare en trouwe vriend. Was er maar een ventilator in het vertrek om wat verkoeling tegen de gutsende spreker te blazen. Wilhelmina is ook met een a. Margareta. Gemma. Nelletta. Amalia. Vagina. Fuga. Opera. Anima. Dementia. Dochter? Hoe zou ze eruitzien? In de gang zette hij de weekendtas op de rollator die daar stond en liep met deze spullen, die tot de inboedel behoren, doodgemoedereerd de straat op, schuin de straat over naar zijn eigen huis, van het plaatje bij de deurbel konden we zijn naam noteren. Iedereen zweeg enige seconden, waarin behalve het benauwde gehijg van de verslagdoener de moordkreet van een pauw was te horen, die buiten in een boom zat en door alles heen was blijven schreeuwen. Die papieren, pff, dacht het psychiatricarund te kunnen opmerken, vol onleesbare, onbegrijpelijke abacadabra. Vijf a's. Tien letters. Natuurlijk onbegrijpelijk voor jou met je kop vol blauwe neusgaten en je zielenwetenschapje van zeeppoeder, mijn werk wordt bestudeerd bij de academie voor wetenschappen en is meermaals bekroond dan wel genomineerd. Hij schrijft op rollen afgedankt kantoorpapier, zelfverzonnen woorden, soms in spiegelschrift, nietbestaande letters, allerlei algebra in een soortement Egyptisch uit de piramidetijd of van die Arabische slingertekens, geen punten en komma's, soms een notenbalk met muziektekens of wat daarvoor doorgaat, rastertjes met zwartgemaakte vierkantjes als kruiswoordpuzzeltjes, of rood, of groen, gefröbel met kleurpotloden, geen touw aan vast te knopen. Knoop het om je nek en ga eraan hangen. De pauw was het met me eens. Het houdt hem bedaard, sprak de leidinggevende keiensnijder. Zij: Volkomen schizofreen. Hij: Hij moet eerst ontwennen en ontstressen, daarna kunnen we analyseren. Dat ze mijn papieren doorschoffelen had ik al gemerkt, ik ben niet gek, al gaan zij van iets anders uit, waarschijnlijk van het tegendeel. Als Herman me komt bezoeken, geef ik hem steeds afgeronde delen van mijn manuscripten mee, die hij bij hem thuis in zijn brandkast bewaart. Zijn tas wordt alleen gecontroleerd bij binnenkomst, niet als hij weer weggaat. De eerste keer confisqueerden ze twee flessen, een wodka, een jenever, die hij bij zich had. De wederrechtelijk mijn huis binnengedrongen rinoceros met zijn bedruppelde voorkomen hijgde nu: Is deze meneer Skigge misschien de geschikte persoon om de zaken van meneer voorlopig te behartigen, vroegen wij ons af, een vertrouweling, een intimus, die in de geest en naar de vermoedelijke goedkeuring van meneer hier de zaken van meneer op zich kan en zou willen nemen zolang meneer in behandeling is. Richard had de bril op zijn gezicht geplaatst, zette de punten van beide wijsvingers tegen elkaar, opende reeds zijn mond om iets te zeggen, maar de psychia was hem voor. Zo te horen is die Skigge ook rijp om te worden opgenomen, kwekte ze syndroom met een roffel van haar nagels op de appel. Correctie: synchroon. Altijd de rust en de bedaagdheid zelve, altijd mijn woorden in het juiste laatje, was nervositeit zo door mijn denkdarmen gaan stroelen dat woorden en andere zekerheden daar ongeordend door elkaar warrelden als spaghetti. Moet zijn: confetti.

De door u gesuggereerde Skigge, nee hoor, het opperhoofd schudde zijn hoofd, bril weer af, bril in bovenzakje van colbert. Toch dienen we bedachtzamer te zijn in onze oordelen en conclusies, Carola. Werd het mens nu berispt? Waar ik bij zat, al deed iedereen of ik er niet bij zat? Welk een grove misvatting. Mijn trouwe metgezel Herman de stottervorst, wij hoeven geen woorden te verspillen om elkaar perfect te begrijpen, zou ik alles helerharte toevertrouwen, maar vooralsnog zonder licht te zien gloren over de vraag waarom ik hem of wie ook zou moeten toevertrouwen wat ik nog zeer wel zelf in staat ben te regelen, ordelijk als ik ben, hoogontwikkeld en -begaafd ook. Uit het zweet zijns aanschijns uitte de ambtenaar nu zijn gevolgtrekking, luidend: Dan moeten we de kantonrechter laten beslissen over meneers aangelegenheden als u beiden bevestigt dat meneer niet in staat kan worden geacht zijn zaken te behartigen en er niemand anders is die zich hiervoor namens meneer kan engageren. Ik zag de pauw langs het raam vliegen. Dat wordt allemaal zomaar over mijn hoofd heen beslist zonder mij te raadplegen, zonder zomaar alsof ik niets aangezien ik mijn verstand zou kwijt zijn omdat zij dat zo onderling over mij hebben besloten achter hun appeldekselcomputers zijn ze nu helemaal belazerd. Ik denk een aan te tekenen schrijven te richten aan twee of drie ministeriële instanties, ik heb daar relaties. Waarschijnlijk stelt de kantonrechter een advocaat aan die zal beslissen, natuurlijk in overleg met meneer, over wat en hoe en wanneer en door wie et cetera, zolang wordt geoordeeld dat meneer onbekwaam is zijn zaken zelfstandig te behartigen. Richard zei weer twee keer ja. Met zijn drieën keken ze naar mij, maar zonder te zien dat al mijn vochten overkookten van woede, verontwaardiging, vernedering, onmacht. Kon meneer maar iets zeggen, verzuchtte hij met zijn boekje, dat hij opborg in een nichterig tasje dat aan de rugleuning van zijn stoel had gehangen. En het lijkt of meneer niets hoort ook en alles hem ontgaat. Meneer kan praten en horen als Brugman, zeg ik nog eens, wat dat aangaat is er niks mis met meneer, gelooft u mij. Zoals de boezemdraak, dit zeggend, naar mij keek, keek ik naar haar terug, mijn gezicht van gietijzer, ik hield mijn ogen strak, als ik niet van schouders tot voeten gekneveld had gezeten zou ik zijn opgestaan en haar en die doorpratende pias van tweehoog door het raam hebben gejaagd. In het hol van de psychiaatster kan het raam wel open en stond het op een kier. Kon ze beneden haar geflirt met hem voortzetten. Zuchtend puffend berichtte hij nog: Intussen hebben wij het noodzakelijk en verantwoord geacht een ander slot op meneers voordeur te doen aanbrengen. Men liep daar in en uit, wij konden er geen zicht en controle op houden en stelden vast dat er dingen uit het huis verdwenen en onze inventarislijsten almaar niet meer klopten, vele boeken niet alleen maar ook de kasten en rekken waarmee ze onordelijk waren volgepropt, een leeslamp, een antiek faxapparaat, een televisietoestel maar dat was toch al kapot. Genoemde heer Schips, Skigge corrigeerde de directeur, kwam 's avonds met een bakfiets en assistentie, vermoedelijk kompanen uit de drankgelegenheid op het plein, er vonden hele verhuizingen plaats, zoals wij van andere buurtbewoners vernamen. Vandaar. Hulde voor Herman! De kompanen van mijn kompaan zijn mijn kompanen, al ben ik zelden in Bij Oma geweest, bruine kroeg aan het kruispunt. Ik drink thuis. Woede schoot vanuit mijn onderlijf door mijn bovenbenen naar mijn knieën, door mijn schenen en kuiten naar mijn schoenen. Daar kon ik slechts kleine schopbewegingen mee maken, resonerend op de voetsteun van de stoel. Wat zei ik? betoogde de psychevreetster bijna op schreeuwtoon, haar toetsenklavier weer opengeklapt, de lichtende appel naar mij toe. Ziet u zijn reactie? Trappelen van kwaadheid, rood hoofd, trillende handen tot vuisten geknepen, helemaal verkrampt van drift, ziet u nu zelf? Hij hoort alles en zit zich verschrikkelijk op te winden over wat hij verdomd goed hoort en begrijpt. De bekende tokkelgeluiden. Carola Carola ho ho een beetje. Poging van de kapitein haar te temperen. Hij met zijn tasje, de lange lus over zijn schouder, het leren geval met de siergesp koket, maar hij was veel te dik, op zijn buik, was overeind gekomen en bracht door alles heen te kennen: Dan is er mijnerzijds niets meer te bespreken. Meneer zou wel nog even deze formulieren moeten ondertekenen voor akkoord ten behoeve van onze afdeling en de kantonrechter. Met de vochtige toppen van wijs- en middelvinger tikte hij op de papieren die de hele tijd al op het bureau hadden gelegen. Mag ik een ogenblik uw pen, mevrouw, ik heb de mijne al opgeborgen. De zielenvreetster drukte haar schouders achteruit, haar borstpantsers nadrukkelijker in het zicht, natuurlijk, zei ze, nu met ander stemgeluid en haar mond in een curve van liefheid in vloekende disharmonie met haar ponem. Potsierlijk zwierig reikte ze dorrepaal haar balpennetje, lichtflinters in haar glazen, in een ervan zag ik opeens een krasje. Zwetend als een kaars hield de ambtenaar mij het ding voor, de papieren naar de rand van het bureau tot vlak onder mijn neus schuivend, maar ik bleef kijken zoals ik keek, door het raam, waar niets te zien was dan de lucht. Mijn vingers met alle kracht uit mijn armen ineengevlochten tegen mijn middenrif, klemde ik mijn lippen op elkaar en liet ik mijn woede kolken, vanuit mijn aangespannen onderbuik naar dieper, waar de uitgangen van mijn lichaam zijn, ik zag er aardkluiten bij door mijn hoofd razen. Heetstralig spoot woede langs mijn benen en broekspijpen omlaag. Woede, als hompen dampende modder in mijn oudemannenluier. Met kreten van walging drukte de hydra een tissue onder haar neus. Het ringsteentje bevond zich nu aan de onderkant van haar vinger, die ze met de andere in haar handpalm had gevouwen. Zulke dingen blijf ik waarnemen.

… mogelijk ben ik een wijle ingedut, met open ogen, zoals me de jongste tijd vaker gebeurt. Duttend voor me uit kijkend verdwijnt het blauw uit de dingen, die vervolgens vernevelen in wargedachten terwijl ik afwezig blijf in sluimer vol flakkeringen als van snel voorbijschietende diaprojecties. Dit lijkt op het gespetter van water, waar ik uit opduik met rondzwierend haar en in rondzwem, lenig zoals ik zwom in mijn vroegste vroegte. Het volgende ogenblik verandert het in versnipperend zwart, waar ik me ook doorheen beweeg, rennend. Ik ben jong in een joelend lichaam, mijn sterke armen slaan me door brandingen, mijn benen zijn soepel en snel en gonzend van kracht, mijn voeten raken de grond niet. Zwemmend en rennend ben ik gewichtloos, ik zweef op longen vol adem zoals ooit. Slapend nietslapend, of omgekeerd, zie ik licht en nietlicht in nanoseconden afgewisseld, onzuiver wit, ondonker zwart, licht dat niet schijnt, duisternis die geen nacht wordt, waarin ik zwemmend aan het rennen ben, rennend aan het zwemmen. Slaapt u goed, meneer Busken? Droomt u? Wat droomt u? Daar heb ik in zoverre idee van dat ik er geen idee van heb. Ik bedoel. Uit de schemer als van langsdwarrelende diaplaatjes, waarin ik soms in de snelheid van het ogenblik een portret herken, een landschap, een kamer, vallen letters omlaag, gedrukte als in een boek en handgeschrevene, niet altijd in mijn handschrift, ook niet altijd in voor mij begrijpelijk letterbeeld, als uit alle alfabetten sedert de Assyriërs en nog vroegere volken, uit alle talen die ooit zijn of misschien nog steeds worden neergeschreven. Ik weet het niet. Die letters komen voor mij terecht op een zandvlakte of bospad of op de vloer van een vertrek waarheen ik in mijn sluimer ben verplaatst, maar ook op het tafelblad dat er opeens is en zich van voor mijn borst, onder mijn handen, boven mijn koude voeten uitstrekt tot buiten de huismuren. Ze verdwijnen snel, maar dikwijls zie ik toch dat ze een woord of lettergreep vormen in het Nederlands of een andere taal die ik beheers dan wel in genen dele beheers, soms een hele zin maar zonder door aardbewoners te bevatten mededeling in enige alhier gangbare grammatica. Dat schrijf ik allemaal op. Nu eens breekt mijn potlood, en als ik aan beide brokstukken een nieuwe punt heb geslepen breekt ook die, verkruimelend over mijn notities, dan weer sputtert mijn pen door onverhoeds zomaar in tweeën te splijten en inktkladden te spuwen. Deze strijk ik onnadenkend, verstrooid weg met de zijkant van mijn hand, zodat er vegen door het geschrevene ontstaan als banen van neerstortende kometen. Door het allemaal te noteren en te tekenen, poppetjes in overeind staande of liggende rechthoekjes, vogeltjes, andere dieren, boven elkaar liggende golfjes, spijkers, runen, slingers, muzieksleutels, wolken, naast woorden, delen van woorden, losse letters, combinaties van letters, ben ik bezig aan een mystiek, hoogst geheim manuscript, waartoe slechts ik ben uitverkoren het te vervaardigen, ik de uitverkorene. Thuis gutste er weleens wodka of jenever overheen, die na wegveging hele fragmenten tranerig deed uitlopen of nog helaselijker onzichtbaar maakten alsof ze in zand waren weggezakt, door renners achteloos in de aarde van een bospad gestampt. Doordat mijn handen zo onzeker bewegen komt het voor dat er kreukels en scheuren ontstaan in de heilige Thora met de mij vanuit een elders gedicteerde nieuwe Pentateuch. Toen op kantoor de faxmachines werden afgeschaft en ik er een mee naar huis mocht nemen, gaf die spoedig de geest, maar bezat ik nog van die papierstaven die er zich als witte tongen uit tevoorschijn hadden kunnen rollen. Daar begon ik mijn referaten op te schrijven, wat onduidelijk was op de ene rol becommentariërend en verklarend op een andere, mijn hele huis ten slotte beloperd met papierstroken en -flarden, een werk van universele intergalactische importantie. Leg dat allemaal maar eens uit aan zo'n rattenklem, die denkt dat ze weet heeft van psychiakunde, wat dat ook voor kunde moge zijn. Kantoor? Ik op een kantoor? Al is mijn geheugen scherp als middaglicht, met het voortsluipend bejaardendom is het begrensd geraakt. Komt het woord kantoor toevallig in me op, zoals alle in het wilde weg langsdwalende gedachten wrakstukken van het te wantrouwen geheugen zijn, dames en heren, herinner ik me niet een bepaald kantoor waar ik uren dagen maanden, nooit langer dan zowat een halfjaar, heb zitten verdoen, maar schuiven enige van zulke bedrijfsoorden tot één ruimte ineen en mijn aldaar doorgebrachte aanwezigheid tot één klont verveling en verlummeling van geestesenergie. Kantoor met een faxmachine? Op ieder kantoor stond een faxmachine, soms stonden er meerdere, die tegelijk tikkend en gonzend meters papier uitbraakten. Wanneer dat papier had gediend voor de doeleinden waarvoor het was uitgebraakt, raapte ik het na kantoortijd, iedereen naar huis, op van de vloer of uit de prullenbakken en nam het mee om op de blanco achterkant ervan mijn wetenschappelijke filosofische en artistieke convoluten te formuleren. Jij? Jij deugt voor niks jij kan niks al denk je heel wat te zijn uit je neus vreten en aan je pik sjorren ja dat lukt nog wel. De mantra van mijn moeder. Net als die lapzwans van een vader van je die stelde ook geen mierenscheet voor de klootzak. Hij moet haar kort voor mijn geboorte hebben laten zitten en naar een ander continent zijn getrokken zonder wat dan ook nog van zich te laten horen of zien. Meer omtrent deze edelman ben ik nooit te weten gekomen, nooit zelfs maar een pasfoto gezien van de persoon aan wiens lendenen ik heet te zijn ontsproten, al denk ik, weet ik eigenlijk wel zeker, niet te zijn ontsproten, ik ben op metafysische, mythologische wijze ontstaan, die moeder was helemaal mijn moeder niet, ik draag haar naam, dat wel, haar heb ik welbeschouwd ook niet gekend, anders dan ten slotte als tandeloze troglodiet met wat grijzige haarslierten aan haar verder kale gevlekte gerimpelde schedel, volledig verlamd in haar stinkende bed, altijd schreeuwend en eisend, stik toch de moord mens. Hij woonde in dat huis met zijn moeder na die haar in de soep gedraaide huwelijk met een miljonairindustrieel of zoiets, hoorde ik Richard nog. Hij heeft haar zo'n beetje zo goed en zo kwaad verzorgd zal ik maar zeggen. Totaal verwaarloosd toen een arts haar overlijden kwam constateren. Tsja wat wil je ook. Tsja, herhaalde Carola. Tsja, zei Richard weer. De zwetende dikkerd met het boekje: Niet te verwonderen met zulke wanorde in huis. Weet u zeker dat meneer niets verstaat van wat wij bespreken en dat ik meneer persoonlijk niets kan vragen? Richard onthield zich van antwoord, Carola trok ostentatief lucht haar neusgaten binnen, ik zag haar naar me loeren. Scherp waarnemer die ik ben merkte ik het minieme krasje op in het linker van haar varifocale glazen op de uiterste onderrand, zou ze zelf hebben gemerkt dat zich daar een krasje bevindt? Hoe is dat krasje daar gekomen, hoe kan een krasje in een brillenglas ontstaan, ik nam de tijd om de mogelijkheden van de oorzaken daarvan diep te overpeinzen. Ik ben van nature een diepe peinzer, daar sta ik om bekend. Datdaar een intellectueel? schamperde de psychiaatster zodra dit woord, althans de verbastering ervan had geklonken. Ze reduceerde me al tot iets wat niet adequaat hoeft te worden benoemd. Pff, deed ze weer. We hebben het over cliënt Busken, Carola, vermaande Richard. Ja sorry hoor, maar zoals hij tegen me tekeerging op een tóón, sorry hoor, en zoals hij daar nu voor zich uit zit te staren, is dat een intellectueel of ooit geweest, ik vraag me af of hij tot drie kan tellen. Zal ik voor die oerkoe eens op een papierstrook van zestien meter het jongste, dit is het vijftigste, uit drieëntwintig miljoen driehonderdvijftigduizendvierhonderd en nog wat cijfers bestaande priemgetal volgens de naar Marin Mersenne vernoemde methode uit het hoofd opschrijven? Geef mij dat pennetje maar eens. Dat was een Franse monnik uit de zeventiende eeuw, onbenullig rund met je krasje en je mappen en je tokkelxylofoon. Ik bedoel al die boekwerken die we aantroffen in zijn huis, sprak de overheidsgezant, honderden en nog eens honderden. Die heb ik allemaal, ik herhaal allemaal dus, aandachtig doorgenomen, mutsenbreier. Daar dank ik mijn eruditie en oeverloze kennis aan, welke ik tot nut der mensheid met nieuwe kennis heb vermeerderd in eigen boekpublicaties, opgemerkt tot in de kringen van het Nobelprijscomité, daar heb ik brieven over. Waar haalt hij in zijn armoebestaantje van een uitkerinkje hier en een grijpstuiver daar zo'n bibliotheek vandaan, vroegen ze zich gedrieën af. Op mijn beurt zou ik hierop kunnen antwoorden Tsja, en verder zwijgen, wat gaat het ze aan, ik antwoord echter nu eenmaal nooit. Een krasje in een brillenglas kan ontstaan ten gevolge van klimaat. Als je van het ene klimaat een ander klimaat binnenloopt, vanuit een vrieskelder de brandende zon in bijvoorbeeld of omgekeerd. Heb ik gelezen. Ze slaapt met haar bril op in een vrieskist hetgeen blijkt uit de kilte van haar aard en het schijnsel van het leptopscherm tegen haar gezicht. Daar kan zo'n bril niet tegen als je meteen daarna bij een heet fornuis gaat staan. Dat is elementaire fysica of natuurkunde van je singe sange joto Mie verkoopt de kandelaar singe sange jo. Die boeken stonden in het kasteel van de knopenmagnaat en waren achtergelaten door vorige bewoners, die ze niet meer hoefden. De knopenboer, gehuwd met mijn moeder en weldra, toen ze al die gebreken en afwijkingen kreeg, ook weer van haar gescheiden, opnieuw verrukkelijke ophef in de populaire tijdschriften en televisieprogramma's voor het domme plebs, het was een schande, pure schande was het, moest niets van lezen weten, had nooit een boek gelezen, zei hij trots, en zou er ook nooit aan beginnen. Ik moest oom Hector tegen hem zeggen, wat ik uiteraard verdomde. Hij was bevriend met die graaf van Ginder tot Omdenhoeckx van dat tuinfeest en die goudgrondels, sedert welk onvergetelijk gebeuren ik me tot de intimi van het koninklijk huis mag rekenen. Ik moet geconcentreerd blijven denken en niet van alles van korrel tot klont door elkaar. Die beroemde schrijver met zijn pijp van het stenen bruidsbed belde later nog op met het charmante voorstel om toe te treden tot zijn eetclub, wekelijks bijeen in een eliterestaurant. Helaas, voor deze invitatie moest ik tot mijn en zijn leedwezen bedanken, daar ik me te vaak in den lande, zo niet in allerlei buitenlanden bevind voor onderzoekexpedities of om er wetenschapsconferenties bij te wonen, aldaar niet zelden het woord voerend. Ik op kantoor? Ik had een baantje op het hoofdkantoor der knopenfirma van Hector, afdeling verkoopadministratie, geloof ik, waar ik niemand tot last ben geweest, men liet me aan mijn mooie bureau in de kantoortuin met rust om te lezen en na te denken of ik kwam gewoon niet opdagen. Er veel opgestoken over knopen, al was de handel erin aan het verflauwen door de rits, het klittenband en nog andere sluitmethoden. Na mijn eigen echtscheiding van ik kom nu even niet op haar naam, iets met a aan het eind, ben ik in het huis van mijn moeder gaan wonen, die zelf zich in het Shangri-La van Hector had gevestigd. Bloedkoralen halskettingen. Gemberthee uit kopjes van broos porselein met haar pink omhoog terwijl ze kort tevoren nog aan de lopende band in een dropfabriek stond en en en. Ik moet aan één iets blijven denken en niet steeds zijtrapjes op en af in mijn hoofd, zoals op prenten van M.C. Escher, Maurits Cornelis, waarop trapconstructies je tegelijkertijd naar boven en beneden voeren. Daar raak je duizelig en in de war van en weet je van verdwaaldheid de richting niet meer. Iemand in een rolstoel met alzheimer die dement is kan niet meer recht denken voor zover zulk persoon überhaupt nog iets denkt, ikzelf echter ben slechts nu en dan ietwat verstrooid en weet, doorzie en herinner me niet alles meer even duidelijk, dat is iets anders en begrijpelijk gezien mijn gevorderde leeftijd en slechte ogen en spijsvertering. Namen van personen vergeet ik nogal eens en welke dag het is. Soms ging ik bij mijn moeder en Hector langs, waar ik geen genoegen aan ontleende, wel aan de nooit door iemand meer betreden boekenruimte waar oud stof me op mijn bronchiën sloeg en ik hijgde toch al zo. Dat doe ik nog steeds, maar het zit hem niet in mijn longen, dat hebben ze hier onderzocht om te zien of ik misschien kaa kon hebben zoals ze hier zeggen aangezien het eigenlijke zwarte woord kanker dient te worden vermeden, waarom behoort tot de compartimenten van het nietbegrijpen, immers voor alles bestaat een woord dat uitdrukt wat het is, de bestaande woorden veranderen, verdoezelen, ontwijken leidt tot groezeligheid van taal en denken, waar ik tegen ben, ikzelf ben een zorgvuldig woordgebruiker en denker. Mijn moeder dat mens: Wat moet je tussen die boeken daar ben jij toch veel te stom voor geen school afgemaakt omdat je overal werd af getrapt omdat er niets aan je botte hersens bleef plakken en je alleen maar in je eigen naar buiten zat te staren naar de lucht en nog een grote brutale bek ook zodat je overal werd af getrapt. Inderdaad is mijn uitzonderlijke intelligentie lang onderschat geweest en werden mijn talenten miskend, daar heb ik gelaten en bescheiden in moeten berusten. En al die snertbaantjes die je al hebt versleten net je vader overal te vierkantig lamlendig voor en met een pretentie nee maar lezen wat verbeeld je je toch overal de deur uit gegooid omdat je tot niks in staat bent en niks wil en heeft oom Hector je niet weer een mooie nieuwe kans gegeven op zijn kantoor maar jij blijft liever in je nest naar de lucht staren. Wederom inderdaad, ik nam en neem in ruime mate mijn tijd en rust om mijn geest tot rijping te brengen. Meneer Busken leeft in een eigen, parallelle wereld, wij kunnen daar vooralsnog niet in doordringen, professor Teurlings komt binnenkort met zijn bevindingen. Maar ik zou toch graag liefst vandaag mijn rapport willen afsluiten, zeurde de beambte, zweet van zijn gezicht verwijderend met de mouw van zijn jasje, terwijl de doos met papieren servetten hem al eerder door Carola was toegeschoven. U hebt het zo warm, zei ze meevoelend. Met haar krasje. Ze willen me door een juridische instantie onder controle laten stellen, doch ik weiger daarmee in te stemmen, bovendien beefden mijn handen te dement om mijn signatuur op formulieren te plaatsen, wat ik toch al niet van plan was, en trouwens ik wist opeens mijn eigen naam ook niet meer, al staat die op de deur van het mij hier toegewezen cliëntenvertrek en op de vele boeken die ik heb gepubliceerd en op mijn schilderijen en muziekcomposities als mijn elegische sonates voor Beatrice en wordt hij alom met respect genoemd in publicaties van anderen. Daar waar ik mijn handtekening niet beliefde te zetten, in tegenstelling tot vroeger dagen toen in boekwinkels de rijen bewonderaars tot buiten op het trottoir stonden aan te schuiven voor het tafeltje waar ik op hun verzoek mijn naam in mijn jongste schepping kalligrafeerde, sloeg de psychiatrica met een krachtige dreun een stempel, rood, langwerpig, balkvormig op de papieren van de overheidsfunctionaris. Hierdoorheen deponeerde de directeurende zijn naam met eigen vulpen, groen gemarmerd, zwarte inkt, wie schrijft er nog met een vulpen, tevoorschijn gegraaid uit linker binnenzak, hoofdletter R met opschepperige krullen en verder een hekwerk van horizontale arceringen met hier een uitschieter omhoog, daar omlaag, onleesbaar zoals een handtekening kennelijk altijd onleesbaar hoort te zijn, streep eronder naar links en nog een naar rechts. Mij ontgaat niets. Alles is even belangrijk, hoewel anders bekeken alles in gelijke mate niets betekent. Een waarneming van mezelf in een mijner wijsgerige traktaten, onlangs nog te berde gebracht tijdens het internationale wijsgerenberaad te Heidelberg, waar mij was verzocht het woord te voeren. Mijn lot bestempeld, onderschreven en bestendigd, mijn bestaanswijdte beknot door mij onbekende zich gevolmachtigd wanende blaaskaken. De overheidsfunctionaris zei: Dat geld is van meneers moeder van haar huwelijk voor haar ziekte, heeft onze dienst kunnen vaststellen, meneer zelf heeft geen inkomsten. Toen ze dat stempel eerst op het stempelkussen, daarna op de papieren ramde, gleed haar bril een centimeter, vervolgens een centimeter verder over haar neusbot omlaag, waarbij ik nog overwoog dat zo'n krasje ook kan ontstaan als de glazen door heftige bewegingen van het gezicht glijden en op iets terechtkomen wat niet zacht dan wel elastisch is, bijvoorbeeld op haar tokkeldoos of het steentje aan haar vinger. Alles dient en verdient toch te worden overwogen teneinde inzichten te verkrijgen inzake de oorzaken en redenen der dingen en de gevolgen daarvan liefst bij voorbaat te kunnen beredeneren. Blijven redeneren en u vragen blijven stellen, geachte en waarde collegae, in de eerste plaats vragen omtrent het eigen bestaan als zodanig, ziedaar de crux, dank voor uw welwillende aandacht. Bedwelmend applaus. Hoe ten deerlijkste vergiste het zweethoofd zich ter zake mijn inkomsten. Dat ik er geen zou hebben ha! En de honoraria voor mijn boeken en andere artistieke activiteiten dan en voor mijn talloze voordrachten en televisieoptredens als graag geziene gast aan tafel in praatprogramma's en de presentiegelden voor mijn aanwezigheden in het parlement. Ben jij daarin geïnteresseerd, in boeken? De geringschatting in Hectors stem. In bóéken? Hij wilde van de boekenlocatie een biljartzaal maken om partijen te spelen met zijn vriend de graaf en de provinciecommissaris en de burgemeester en de bisschop en prins Claus. Ik werd daar nooit voor uitgenodigd, al staan de in mijn jonge jaren behaalde zilveren biljartkampioensbokalen bij mij op de schoorsteenmantel. Hectors echtgenote, mijn moeder, hadden ze er liever ook niet bij. Wil jij ze hebben, vroeg Hector. Vroeg Hector aan mij, alsof ik het hoorde in een droom, ik was toen nog niet doof. Al die boeken vol letterkunde en geschiedenis en wetenschap en van alles, of ik die wilde hebben. Ik was niet in staat om te antwoorden, zoveel sputum stagneerde opeens de doorgang naar mijn oesophagus, zijnde Latijnse woorden uit die boeken voor spuug en slokdarm, maar uit mijn gelaat, de opgetogenheid die hij erop moest hebben afgelezen, begreep hij allicht het antwoord voldoende. Luister hier, hangoor, ik bedoel niet dat je eruit mag kiezen wat je aanstaat, ik bedoel als jij ze wil hebben moet je ze allemaal nemen, de hele rotzooi met de kasten erbij, ik wilde er toch al een opkoper voor bellen. Mijn moeder uit de dropfabriek: Wat moet jij daar nou mee al die boeken te stom om een envelop dicht te plakken geen school afgemaakt overal weggejaagd de duurste pensionaten waarvoor we hebben kromgelegen. Hier bedoelde ze zichzelf en die Javaanse minnaar van haar mee, die bij ons in huis was komen wonen als hij niet op een schip over de oceanen dreef. Wij spreken hier over een zeer vroege periode uit het leven van wie thans het woord tot u richt, beste toehoorders, lang vóór Hector in de levens van mijn moeder en mij was opgedoken. Die Indische pelopor heette Suwarsi Pudjojono, nooit vergeten, al heb ik soms moeite met namen onthouden sedert ik het aan mijn rug heb. Zo'n naam slurpt zich aan je vast als een poliep. Tegen en over hem moest ik ook oom zeggen. Ik zei niets tegen hem. Hij ook niet tegen mij. Hij bij ons in huis, ik het huis uit. Eerst naar die pensionaten achter drendronsstruiken en toen men me daar niet meer gedoogde moest ik van hem en haar bij tante Marie gaan wonen, een echte tante, zus van mijn moeder, en niet zoals die bruinjoekel en later Hector een verzonnen familielid. Kromgelegen voor mij? Zij? Het mens uit wier uterus ik? Laat hem ze meenemen, riep Hector. Blij als ik eindelijk van die troep verlost raak. Neem mee, jongen, neem mee en die faxmachine ook. Heb je wat te lezen en te faxen, op kantoor hoef ik je niet meer te zien. Mijn moeder, haar stem uitglijdend in het hoogste register: Waar wil je naartoe met die bende al die stofnesten en je hebt toch al zo'n moeite met ademen en nu sta je alweer op straat ook zonder fatsoenlijke betrekking Hector god nog toe jezus laat hem desnoods de vloeren schrobben. Ik zet ze thuis, zei ik. Hoe bedoel je thuis waar thuis toch niet in mijn huis? Daar woon ik nu, repliceerde ik effen. Jij woont nu hier als douairière in dit knopenpaleis en ik in jouw krot. In het bestelbusje van Herman. Al die boeken en eikenhouten planken en panelen met het bestelbusje van Herman, hij en ik en wat makkers van hem uit Bij Oma, kompanen genoemd door de zweetboleet met zijn formulieren en buiktasje. De hele buurt achter de vitrage. Wat moet die Busken met al die boeken. Die heeft de heer Busken intussen allemaal doorvorst. Er was ook drukwerk bij van hum met erotische plaatjes, zei de dikke zweter. Daarmee doelde de klonterkop ongetwijfeld op enige uitgaven met anatomische afbeeldingen in de medisch-wetenschappelijke afdeling der boekerij in mijn slaapkamer. Porno, kreet Carola en tokkelde het meteen in haar lichtbak. Vijf korte tokkels. Tikketikketik. Verbeten tronie. Krasje. Bril weer tevoorschijn, sterrenvlokjes tegen het plafond, opperde ook Risjaar iets, waarbij de naam Teurlings opnieuw viel. Onderhavige Teurlings torst ook een bril tegen zijn gezicht, een met donkere gangsterglazen waarachter men zijn ogen niet ziet. Vul ik dan maar in twee boksende kangoeroes? Gedachten en gedachten. Zeer gemakkelijk voert de ene gedachte de volgende aan, en die weer een, en die ook weer een, zoals gedachten gaan en gedachten komen, wat ten koste gaat van strakke denklijnen. De denker dient hiervan doordrongen te blijven.

... ben ik suffend het grindpad en de spijlenpoort blijven zien door myriaden stuifstofjes, zonbeschenen en bewegend in de wind hoog boven mij. Ik verbeeld het me niet dat de poorthelften opnieuw vaneengaan, draaiend in mijn richting. Een zich openende muil, tot de huig gevuld met spinazie, welnee, met het altijdgroene gewas in het vrije woud, dat zich grensloos uitstrekt buiten deze penitentiaire vesting. Wijd is de poort en breed de weg, gelijk gewijde schrijvers die mij voorgingen het noteerden, maar wat schiet ik ermee op, gekneveld en geblokkeerd zijnde of ik nu slaap of niet. Waarom heeft Mortonnetje me juist hier neergezet, waar geen cliënt zich mag ophouden, om naar deze poort te kijken. Er komt weer een voertuig het pad op, groter dan gangbare personenmobielen, zwart als het noodlot, hoe kom ik daar nu op. Ik zou het galjoen niet horen als ik het niet zou zien, zo geruisloos laveert het binnen en meert het aan. Achter de voorruit twee zwarte lama's, vitale jonge mannen achter zwarte stropdassen en met zwarte kapiteinspetten boven hun gezichten die nu in droefstand zijn geplooid nadat ze onderweg hierheen om elkaars gore bakken hebben zitten schateren. Als mevrouw Holkema haar deur heeft geopend, schrijden ze plechtstatig, ingetogenheid acterend, het gebouw binnen, haar groetend met een vinger aan de petklep waar de zon in spettert. Wegens bezuinigingen tot werkloosheid gedoemd, is in deze sector, waarvoor omscholing niet wezenlijk noodzakelijk hoeft te worden geacht, nog een habbekrats bijeen te scharrelen, de ene kan kelner zijn geweest, de andere stond misschien in een autobandenfabriek, beiden supporter van dezelfde voetbalclub, het lijkt me evident dat deze personages niet beroepsmatig bij het binnengedreven vervoermiddel horen. De zijramen daarvan zijn aan de binnenzijde geblindeerd met zilverbefranjerde donkerpaarse gordijntjes, de van mij afgekeerde achterkant bestaat uit twee portieren, die de mannen hebben geopend voordat ze langs mevrouw Holkema heen uit het zicht verdwenen. De auto is nu een koker waar ik doorheen kan kijken, ik beeld me in dat ik in die koker lig. Warte nur. Een bijzonder mens heeft ons verlaten, maar zijn sterke geest blijft ons nabij. Wat komt die bij weer doen op mijn knie, waar hij oprukt naar mijn hand, niet afgeschrikt door het erdoorheen schokkende tremolando. Ziet dit diertje mij aan voor een bloem, gelokt door mijn ambrozijnenodeur? Bijna nooit, alleen toevallig eens na duizend keer, is een vliegend insect met de hand te vangen of dood te meppen. Doch let nu op deze demente bejaarde wijsgeer. Als het steekbeest mijn pink heeft beklommen sla ik toe met mijn andere hand en al kan niet waar zijn wat toch waar is, ik tref het als de bom op Nagasaki en voel het nog even bewegen, al is het te laat voor alles, mijn waarde, en was het niet eens mijn opzet, ik had je slechts met een zwaai willen verjagen. Verbaasd, zij het ook enigszins groots op mezelf, mijn adem stokt ervan, zie ik het creatuur tussen mijn pink en ringvinger plakken. Misschien heeft het nog een kreetje geslaakt in het allerlaatst van zijn nood en angst en het ultieme besef van verlorenheid en godverdomme wat overkomt me, alleen gehoord door andere bijen. Kunnen bijen horen? Wat moet er op jouw grafsteen, vroeg de soms aanwezige Babet, als het weer goed was tussen haar en Herman, me onlangs, dat weet ik nog als gisteren of vorige week of maand of wanneer. Ik antwoordde: Zet er dan maar op Hèhè, het zit erop. Blij toe. Er zal trouwens geen grafsteen hoeven te komen, schuif mij maar door het vuur en mijn as kan door de plee. Babet lachte haar boventanden bloot, ondertanden heeft ze niet meer, zodat het mondvocht zich in haar onderlip verzamelt. Herman zei ook iets, wat wij niet verstonden. Geen dichter dus die bij jouw eenzame groeve een sprokkelgedicht komt voorlezen, hikte Babet, waarop Herman andermaal iets zei wat wij niet verstonden. Niet dat hij eigenlijk stottert, maar er zit een gat in zijn verhemelte. Hij is gestruikeld met een schaar, daarvan is een der punten door zijn palatum en huig gestoten, wat onherstelbaar bleek. Sedertdien is moeilijk te volgen wat hij zegt, want verstaanbaar articuleren kan hij niet meer. Ik begrijp zijn als dierklanken uitgestoten mededelingen met moeite, mits hij ze kort houdt, liefst ook met gebaren verduidelijkt, daar ik de sereniteit ontbeer om ze geduldig te beluisteren, ik denk te snel. In plaats van door de plee kan iemands as ook per raket het firmament in worden geschoten, er zijn miljardairs die zo daar boven in gruisvorm, voor zover gruis vorm heeft, door de eonen wensen te blijven zwerven. Van dodenas kan ook een diamant worden gemaakt, bijvoorbeeld van die van je moeder voor in de halsband van je hond. Deze conversatie vond op die bewuste dag plaats, dat weet ik nog, laat op de middag, het schemerde al, ik stond in de deuropening om in de keuken de fles uit de ijskast te gaan halen. Gealarmeerd door de stervenskreet van hun soortgenoot en collega zijn er meer bijen om me heen komen hangen, sommige durven zelfs als kamikazepiloten tegen me op te vliegen, maar hoe nijdig ze ook zijn en gonzen, hun opwinding is niets vergeleken met de blikken die mevrouw Holkema weer op me afvuurt als hagel uit een jachtgeweer. Wat roept ze toch en wat staat ze geagiteerd haar armen te bewegen. Denkt ze dat ik naar haar zit te zwaaien? Ik zwaai niet naar je, mens, ik probeer bijen van mijn lijf te houden. Ze staakt haar gesticulaties door haar handen eerst ten hemel te heffen, dan gebald in haar lenden te stompen. Zo lost ze op in haar ruimte, de buitendeur laat ze open. De Bourbons voerden lelies in hun wapen, Napoleon draaide ze om op zijn keizersmantel en toen waren het bijen. Foto gezien van iemand met een baard van tienduizend bijen. Ander woord voor bij of bijenzwerm, vier letters: imme. Kan ook ieme zijn. Nog een woord in verband met bijen, vier letters: mede. Dood, tevens palindroom, is ook vier letters. Als grafsymbool stelt de bij onsterfelijkheid voor, al heb ik nu wel degelijk een definitief voorgoed gestorven bij in de palm, vier letters, van mijn hand, vier letters. Stelt ook wedergeboorte voor. Ook ziel, alweer vier letters. Dit weet ik allemaal omdat ik nu eenmaal zeer geleerd ben. Juist als ik de dode bij met wapperende hand van me af werp, komen de mannen in hun goedkope zwarte C&A-kostuums, eigendom van de begraaffirma, na gebruik met de hoofddeksels terug te hangen in de verkleedkast, weer tevoorschijn. Tussen hen, de ene voorop, de andere erachter, een rijdende tafel met daarop een sarcofaag. De kelders onder het ziekenhuis, onthouden van de plattegronden, een van de ruimten daar, tegenover de lift, men hoeft maar over te steken, heet mortuarium. In het omhulsel ligt duidelijk iemand die vierletterig als palindroom niet meer, maar dan ook nooit meer, zal ontwaken. Vertel het de bijen. Kan een dode nog worden aangeduid als iemand? Met het lopende tweetal en het horizontale lichaam stapt een struise persoon mee, zoals eenieder alhier behalve mevrouw Holkema gekleed in het wit, zij het in afwijkend wit, het is donkerder, donkerwit, en het hoofd op het gezicht na overtrokken door een muts van doorzichtige materie, met elastiek van achterlangs over de oren heen tot boven de ogen. Ik heb hem, geloof ik stellig, eerder gezien, al maakt hij geen deel uit van Madeleine, maar van het Medisch Centrum. Wat is te zien aan het andersoortige wit. De sarcofaag wordt in het ruim van de dodensloep geschoven, de koker voorlopig gevuld met een ander, badmuts blijft er toezicht op houden. De portieren worden geluidloos gesloten, op instructie van de firma, de deuren niet met een klap dichtkeilen, het bespaart de nabestaanden nog droevere gedachten aan afgelopen boem en boem voorbij. Met bewondering en trots om wie hij was en wat hij heeft betekend voor ons en anderen gedenken wij in liefde. De dood verlaat in stilte de kade, achteruit door de poort, die dichtslibt in dezelfde stilte, alleen de bomen ruisen. Hij met het ingekapselde hoofd is blijven staan om de cargo na te kijken en stroopt intussen het vel van zijn handen, handschoenen van eendere doorzichtigheid als het vlies rond zijn schedel. Blikt omhoog naar de lucht, die even betrekt maar meteen de zon weer doorlaat. Blikt om zich heen. Ziet mij. Steekt zijn hand naar me op voor een groetgebaar met de uiertepels die hij van zijn vingers heeft getrokken. Denkt ook hij dat ik bijen verjagend naar hem zit te wuiven? Hij roept er iets bij waarvan de strekking me ontgaat, maar het klinkt joviaal. Voor u is het nog niet zover haha, is dat wat hij roept? Dat lachje is niet nodig. Wij allen zijn als onkruid. Doe mij maar, als het zou kunnen vandaag nog, nu subiet, het verdelgingsmiddel dat ertegen bestaat. Met zo'n middel kan men de rand van de waterpartij in zijn parktuin onberispelijk houden. Voor de meeste belangrijke genodigden van graaf Uggelstein, onder wie ik, bleef onzichtbaar wat verderop tussen de gewassen plaatsvond, maar ik zag het. Daar liep een werkman de vijverborder met gif te vernevelen, de doos met Zyklon B als een bochel op zijn nek, aan de doos zat een slang en aan het eind daarvan de douchesproeier. Het kan je overkomen als een plotselinge regenbui en je kent dag noch uur, tenzij je zelf de lus in het touw legt, voor de aanstormende trein gaat staan of de geëigende pillen tot je beschikking hebt, die je kan krijgen als je lid bent van een zelfmoordclub. Intussen stevig doorpaffen maar. Een nipje nicotinederivaat volstaat eveneens met verbluffend resultaat. Weet u wel wat één zo'n koi kost, brieste de gastheergraaf. U stelt mij voor de verplichting u te verzoeken mij de kosten van mijn dure goudkarpers te vergoeden. De parvenu. In het Medisch Centrum, waar de persoon in het donkerwit is ingekwartierd, wierpen aldaar logerende gasten zich zo dikwijls van hogere etages in de centrale hal tot frambozengelei, splatsch, dat de directie besloot een valnet boven de diepte te spannen, mede ter bescherming van het in de hal rondschuivende publiek, je zal een neerstortend lichaam boven op je krijgen. Dat heeft in de krant gestaan, Babet las het voor, toen zag ik dat van die tanden. Misschien riep hij met zijn zonbestraalde glazen hoofd niet joviaal haha naar me, maar opa, betekenis: ouwe lul. Dan zal ik me voor de verplichting zien gesteld hem van overheidswege ernstig te doen bestraffen met degradatie: in het vervolg niet meer met de lift, maar over de trappen van en naar zijn kelderspelonk. Donkerwit, zou dat samenhangen met halfduister? Hij heeft het met zijn wuifgebaar nog niet geroepen of daar is mevrouw Holkema terug in het licht. Door mij is niet te verstaan wat zij met felle stem betoogt, zowel tegen badmuts als gelijktijdig in een tegen haar hoofd gedrukt handtelefoontje, driftig dribbelend en draaiend, haar rug naar mij toe, haar voorkant naar mij toe, het oranje van haar derrière en het schortwit zoals wit hoort te zijn, wit als faxpapier, geef mij dat schort en ik schrijf het vol. Duidelijk is dat het over mij gaat. Met alle soorten van genoegen. Ik houd in de gaten of zij en de persoon uit de benedenwereld niet op het fripseltje trappen, dat de schoepen van het lijkenschip heeft weten te ontwijken, het verplaatst zich bij de minste zucht van de atmosfeer. Al staat ze nog zo te schreeuwen, ik hoor haar niet. Het ritselt en ruist, ik denk. Dan komt opeens Moniek door dezelfde deur naar buiten, het magere zonnetje begint met gloed te stralen. Warmte streelt mijn hoofd en wat daar ruist zijn niet de boomtoppen maar is de voorbijvlietende Arno in Florence en de zon verguldt de golven en ik sta op de brug en zie haar naderen op haar muiltjes mijn gentilissima en grijp naar mijn hart van ontroering en vreugde dit is de dertiende eeuw en ik ga een groot werk schrijven over oorden buiten deze wereld en ik begin met de hel daar zal men het eeuwen later nog over hebben zonder dat ooit iemand het tot in de finesses zal begrijpen laat dat maar aan mij over. Zuster Morton houdt ook zo'n telefoontje langs haar wang, pratend tegen een stem in haar oor. Eerst rug tegen rug gekeerd, dan naar elkaar toe, wordt beiden duidelijk dat ze telefonisch met elkaar in discours zijn, mijn Beatrice met die takkenbossenstem van haar, mevrouw Holkema schreeuwend en steeds op mij en naar elders wijzend. Opera buffa. De halfduistere doodkistbegeleider verwijdert zich zwaaiend in de coulissen, ik figureer in een stille rol terzijde. Met stevige tred komt Moniek nu op mij af, dit is de eenentwintigste eeuw. Die schilder heette Henry Holiday, een prerafaëliet. Dat schilderij hangt in Liverpool, waar ik ooit was met wieookweer, ze rook zo zoet dat ik het tafereel dacht te ruiken in plaats van het te zien, op de achtergrond de bogen van een andere brug, en ze bleef me maar vasthouden, per se gearmd. Sorry, meneer Busken, u blijkt hier niet te mogen staan, zegt de verzorgende. Sorry, wist ik niet. Uw hand daar, wou u het fluitje pakken? Ben ik precies op tijd. Rijd ik u gauw naar binnen. De stoel ontgrendeld, voel ik me zwevend bewegen. Zo oud van dagen als ik ben, de leeftijd der zeer sterken nabij of voorbij, dat zal wel ergens zijn na te slaan, ik word opnieuw door iemand voortgeduwd zoals toen alles nog moest beginnen en op de vlieringen waar het ritselt zingt iemand rije rije rije in een wagentje.

Over de witte steentjes voert de mooie Moniek me naar de deur waardoor ook mevrouw Holkema weer is verdwenen en die ze ponteneurderig achter zich heeft gesloten. Ik steek mijn arm nog uit naar het frutseldingsigheidje dat wij rakelings passeren. Achter de deur is de mij tot heden onbekend gebleven gang, Moniek transporteerde me er eerder deze dag door naar buiten en rijdt me er nu weer naar binnen. De drempel. Ik voel haar worstelen om de rolstoel met mij erin eroverheen te wringen, ze kreunt erbij, haar warme adem, vier letters, in mijn nek maakt me week. Mevrouw Holkema bevindt zich halverwege achter een etalageruit in een kantoortje waar ze opspringt als ze ons ziet naderen. Hoho, echoot het door de ruimte, dit hier is verboden terrein voor verplegenden en zeker voor de patiënten, ik bedoel de inwonenden. Je mag hier helemaal niet komen, vraag me dus af wat je hier doet met meneer. Sorry, dat wist ik niet, raspt mijn engel weer, ik ben hier nog geen week. Dan weet je het nu. Aan jullie kant van alle deuren naar hier staat duidelijk geen toegang voor onbevoegden. Daar hoor jij bij. Jij doet daar je werk, ik hier. Je kan toch lezen? Of niet? Jawel, maar ik dacht. Jij dacht dat staat daar voor de kameel z'n bulten maar niet voor jou. Ergens achter de gangmuur is men bezig met ketels, pannen, braadsleden, metalen keukenmateriaal, er stroomt water met krachtige straal, er valt een mes of iets dergelijks, iets scherps. Om er je keel of je polsen mee te doorkerven of om in te slikken of om in anderen, bij voorkeur woedende furiën, te stoten, maar evengoed in hart of darmen of nieren van allen die mij hier verontrusten, ongeacht status, afkomst, gezindte, kleur, taal of sekse. Hier moet ik zijn voor zo'n mes. Je moet vanuit de gemeenschapsruimte door de zijdeur naar buiten, instrueert mevrouw Holkema. Nee, nu niet doorlopen, ga maar terug buitenom naar de zijdeur. Dit hier is de huishoudafdeling, voor het reilen en zeilen in en uit. Wat bedoelt ze? Bijvoorbeeld vlees, in de keuken met stalen messen te fragmenteren tot vierkantjes voor debielen, is in, en ontbindend vlees in een kistvormige huls is uit? Het lijk has left the building via de achterdeur. Meneer mag daar ook helemaal niet staan, keft mevrouw Holkema, haar armen weer gekromd in haar zijden, vlezige armen als verse hammen. De patiënten hoeven niet te zien wat er aan de achterkant gebeurt, de cliënten, de zorgbehoevenden, ik bedoel nu ja. Ik een zorgbehoevende? Wie zegt dat? Ik behoef absoluut geen zorg, ik heb me altijd zelf aangekleed, altijd zelf mijn boodschappen in huis gehaald zonder kantonrechter en rorschachprenten, ik kan mezelf geheel en al uitstekend verzorgen en bedruipen. Ja, dat vooral, slist Babet met een kantelgebaar van haar hand voor haar onderlip, waarbij de zever over haar kin naar de lellen daaronder lekt. Dat was lachen. In plaats van mij in de stoel om te draaien, mijn gezicht naar de deur waardoor ik naar binnen ben gevoerd, verplaatst Moniek mij dat wil zeggen de stoel, mij in de stoel nu achterwaarts, zichzelf ook achterwaarts verplaatsend, terug naar het grind. Die drempel weer. Ze wrikt de stoel zo ver voorover om de hindernis te nemen, dat ik eruit zou zijn gevallen, deze keer op de voorkant van mijn hersens, als ik er niet in vastgesnoerd had gezeten. Wat zit u toch te wijzen, gromt ze. Haar stemgeluid harmonieert niet met haar bevalligheid, laat mij het zo verwoorden. Daar ligt iets te stuiphaspelen inderdaad, stelt ze vast, ik zie het ook. En als ze zich ernaartoe heeft gebogen: Ach, een vlindertje. Bijna kassiewijle. Ocharm. In vergleden eeuwen mochten vrouwen niet meedoen in de opera, vrouwenrollen werden vertolkt door mannen die zich hadden aangedirkt als vrouwen, wat van het publiek krachtig inlevingsvermogen moet hebben gevergd. Dit schiet door mijn gedachtewildernis nu ik zulk een tedere tekst, geschikt voor sopraan, door deze met gemoedsaandoening te vertolken, hoor uitgeblazen door een roerdomp. Met de haar eigen fermeteit plukt ze het vleugelbeestje van de grond, werpt het in haar holle hand en draait die in mijn hand om. Drie gewaarwordingen: 1. de aanraking van haar toch fluwelige hand op de mijne, 2. het lichte gekriebel van het wezentje over mijn levenslijnen, 3. het rukje van de rolstoel, niet geblokkeerd en een ogenblik niet door haar in bedwang gehouden, alsof het ding zal gaan rijden, hopla de poort door, ik voer mezelf uit. Het vlindertje, dat blijkt het inderdaad te zijn, familie van de Lepidoptera, kantelt zich om en om in mijn hand, probeert overeind te komen om op te fladderen, weg van hier, zoals ik dat ook wil, maar er is van alles aan zijn frêle lijfje in het ongerede, zoals inmiddels ook aan mij van alles, beter: alles, in het ongerede is, een vleugel is gescheurd, zijn ene voelspriet ontbreekt, de andere hangt er vanaf het midden gekrookt bij. Een blauw vlindertje, niet blauw zoals de hele wereld zich nu en dan blauw aan mij vertoont, maar blauw van natuur, ik zie op dit moment alle kleuren zoals ze zijn, bijvoorbeeld toen ze zich bukte het zonneblond van Monieks haar, waar ik haar eerder het beestje uit heb zien wegmeppen. Daar is weinig meer aan op te kalefateren, zegt ze, haar vingertop in mijn gestrekte hand, ze raakt het beestje aan zoals zij en alle verplegenden, maar vooral zij, de dingen aanraken, onzachtzinnig, doelbeslist. Voordat ze het zal wegblazen of -vegen sluit ik mijn vingers over het sparteltje dat nu in het donker verblijft en ophoudt met bewegen, mijn hand beweegt al genoeg. Ik denk opeens aan mijn moeder. Op een schip. Zuster Morton koerst me over de bielzen heen het gras op, van de schaduw in de zon. Naar de anderen, die opzijgaan als ze mij in mijn karos zien naderen en hun uitwisseling van kweksels abrupt staken. Zo voltrekt mijn doortocht zich plechtig en in pontificale stilte, gelijk het past. Alleen Mieneke Kalckbrander doorbreekt de gewijde sfeer. Buskie! roept ze en waaiert met haar hand naar me, hetgeen ik uiteraard niet hoor, noch zie.

… voorheen herculisch van gestalte, een zuil van mannelijke welgeschapenheid, een streling voor mijn oog als ik mezelf naakt in de spiegel aanschouwde, mijn geslachtsdeel opgericht, mijn biceps en dijen zoemend van kracht, ben ik als persoon nog wel dezelfde, maar thans winkelhaakvormig en niet eens meer in staat om rechtop mijn gecraqueleerde half kale kop te zien in de spiegel boven de wastafel in de toiletcel in de mij toegewezen enclave in dit oord waar ik wederrechtelijk in hechtenis word gehouden. Is dit een volzin te ja of te neen. Ik noteer hem zo meteen. In code natuurlijk, met mijn particuliere uitwasemingen heeft alhier geen hond iets te schaften. Huisdieren zijn alhier trouwens niet toegelaten, anders had ik mijn krokodil meegebracht. Verderop in de gang woont een geschifte begijn, altijd een kussentje met zich meevoerend dat ze streelt, de hele dag, aai poesje aai mijn lieve poesjemeloesje. Moniek ontbolstert mij, bevrijdt me van de riemen waarmee ze me eerder in de mobiele stoel heeft vastgegespt en helpt me eruit te komen. Ik moet me aan haar of aan dingen vasthouden om te kunnen staan, wat sedert het gebeuren met de fles voor mij uiterst moeilijk is geworden om nog zelfstandig te doen, en lopen gaat alleen nog voorovergeklapt om de rijtende pijn in mijn rugwervels, eveneens sedert toen, nog enigszins te kunnen weerstaan. Niet altijd alleen maar zitten, zegt therapeut Rutger met zijn mentholadem, pratend vermaalt hij kauwgum, u moet zo veel mogelijk bewegen meneer Busken. Als u bijvoorbeeld van uw stoel opstaat, moet u weer gaan zitten en opnieuw opstaan, met rechte rug, zo een keer of vijf of zo dikwijls als het u lukt, al doet het pijn, maar die wordt uiteindelijk minder, dat zult u merken. Rustig blijven doorademen. Of op uw stoel uw benen omstebeurt zo hoog mogelijk gestrekt omhoog, uw knieën recht, omstebeurt een keer of vijf of zo dikwijls het u lukt. Blijven ademen. Of nu en dan met uw armen omhoog en u eigen zo hoog mogelijk uitrekken, uw schouders naar achter tot u het hoort kraken. Ademen. Ademen. Zo. Hij doet het me allemaal voor, als om het aanschouwelijk te maken voor iemand van wie wordt aangenomen dat hij het bevattingsvermogen van een onmondig kind niet overstijgt. Weliswaar ben ik op mijn achterhoofd gevallen, maar de onderstelling dat ik gek zou zijn, of astraal, of anderszins van het lot getikt, berust op een allerjammerlijkst abuis van alle mormonen, ik bedoel malloten, die zich in deze nederzetting met mij moeien met hun verslagen en rapporten en analyses, tekstschermen, stempelkussens, plastic mesjes. Tevens zal hij menen mij de verrichtingen te moeten demonstreren vanwege mijn doofheid, cliënt begrijpt mij niet aangezien hij mij niet hoort, al hoor ik alles secuur tot en met het kleffe, een beetje piepende geluidje van waar hij op kauwt. Nu gaan we een stukje lopen. Hij maakt het me duidelijk door met wijs- en middelvinger loopbeweginkjes in de lucht te beschrijven. Gebarentaal als braille voor kraphorenden en aliens uit de multikosmos, cliënt heeft was in zijn oren zoals de schepelingen van Odysseus. Niet krom, u moet rechtop zien te lopen. Dit verduidelijkt hij door met zijn vuist in mijn rug te duwen op de plek waar de pijn zich centreert, mijn geloei slaat barsten in de witkalk tegen de muren. Alien stoot galactische signalen uit. Met de rollator de gang door en terug. Uw voeten naar voren, u draait ze naar binnen. Hij wijst naar zijn eigen voeten in therapeutenschoeisel. Uw tenen in de richting die u loopt, niet alsof u kreupel bent. U kan normaal lopen. U moet gewoon blijven ademen, meneer Busken. Diep. Vanuit uw buik. Hij port in mijn buik. In door uw neus, uit door uw mond. Hij doet het voor. Steeds op dins en donder, niet vanaf exact twee uur, het loopt ook weleens naar halfdrie, en niet tot exact vier uur maar tot wanneer hij er, doorgaans een kwartier of bijna twee kwartieren eerder, genoeg van heeft. Er, dat ben ik. Zijn collega-therapeutende Hilde, maan en woens, immer correct aan de tijd, van stipt halfelf tot stipt halfeen, als een halfuur voor etenstijd het drilgeluid van de elektrische bel door de gangen scheurt, in A groot. Het is van belang dagen en tijdstippen gedegen te onthouden voor mijn eigen strakke levens- en werkschema's. Hilde praat weinig, beeldt niets uit door middel van mime, wat ook niet nodig is, ze maakt de dingen zo wel duidelijk. Ongewis van leeftijd, is ze mager als een soepstengel maar sterk als een worstelaar, glimlachend zachtaardig en tegelijk meedogenloos, evenals die van Rutger zijn haar handen als van gegalvaniseerd scheepsijzer. Van haar moet ik in een daartoe geoutilleerd vertrek op een tafel liggen, naakt, maar mijn tot onooglijkheid herleide lid devoot bedekt met een witte doek die soms blauw is. Ze tilt afwisselend mijn benen op en wrikt ze als hefbomen over mijn romp naar boven, waar ze zwetend bij kreunt. De ene keer klampt ze haar hand tegen mijn knie om het gewricht gestrekt te houden bij het opwaarts heffen, de daaropvolgende keer knakt ze het been als een stokbrood en vouwt ze de enkel tegen mijn zitvlak. Bevindt mijn voet zich nu eens naast mijn oor, waar ze hem lange seconden ter plaatse laat, dan plet ze mijn tepel door mijn knie ertegenop te stoten en te stoten en te stoten en hup en strek en buig, een paar keer het linkerbeen, een paar keer het rechter. Mij ontsnapt soms een flatus, niet steeds onhoorbaar, en ben ik bang dat er meer zal loskomen, sorry, dat zeg ik niet want ik zeg nooit een woord, als het gebeurt ontspan ik even mijn vuisten en draai mijn handpalmen naar boven, zij begrijpt mijn verlegenheid. Geeft niet, beduidt ze en gaat door met mij te kraken. Vervolgens mijn keerzijde. Haar stalen vingers priemen in mijn huid, met platte handen of met de zijkanten ervan mept ze, stompt ze, beukt ze, bonkt ze mijn wervelgebeente van beneden naar boven, van boven naar onder. Blauwe lichtspatten en strepen met puntige haakhoeken bliksemen achter mijn ogen aan en uit bij iedere dreun en niet dat ik overmits ik nooit iets zeg mijn stemgeluid kwijt ben, ik schreeuw en schrei naar ik er adem voor heb, me verslikkend, schokkend met mijn ledematen, schuifscheten ontsnappen me, kan ik niks aan doen. Geeft niet. Gaat het, gaat het, vraagt Moniek. Ze steekt haar beide handen naar me uit, ik kan er maar één vastgrijpen met mijn ene hand, de andere is nog tot vuist gevouwen. Als ik die open boven de tafel met mijn keurig geordende manuscripten en schrijfmateriaal blijkt het vlindertje toch nog iets van leven te vertonen, beweegt een vleugeltje, wriemelt met zijn landingsgestelletje, het ligt achterover. Met een potlood uit het blikken emmertje met de kleurpotloden denk ik het diertje om te kantelen, zodat het zijn benarde situatie tenminste niet langer ondersteboven hoeft te ervaren, maar mijn hand beeft te heftig, ik ben te onvast ter been ook. Zuster Morton haakt haar arm door de mijne en trekt me van de tafel weg. Kom meneer Busken, hier heb ik geen tijd voor. Gearmd alsof we gaan trouwen schuifelen we langs het bed, de rolstoel, de rollator naar de toiletruimte. Daar zie ik mijn hoofd korter dan een seconde door de spiegel schampen, voldoende om me bewust te blijven van mijn weerzin jegens mezelf en het mensdom in het algemeen. Kan u het zelf of moet ik helpen. Ze bedoelt, mijn potige geheime beminde met haar bariton, mij krachtig stuttend, of ik zelf mijn pantalon kan openen en laten zakken om daarna me op de urn neer te laten. Men heeft mij hier bijgebracht zittend te plassen, het zal wel met de gendergelijkstelling of -opheffing verband houden, zoals er aanbiddelijke meisjesvrouwen met cowboystemmen bestaan, zo moeten stoere manspersonen als ik zittend hun water lozen. U moet uw gevalletje achter de rand van de bril in de pot houden, instrueert ze. Mijn gevalletje. Welk een profanatie nu weer. Hij was van platina en goud op snee, bezet met diamanten als een monarchenscepter, maar in het krijgsgewoel is hij geknakt. De schoonmaakploeg hoeft daar niet ook nog voor op te draaien. Zij, Moniek, is de instruerende, ik, de zeergeleerde Busken, emeritus hoogleraar cybernetica, ben de pissende. Echt vanzelf gaat dit niet zolang er iemand in mijn buurt verblijft, alsof er dan een prop in de buizenstelsels het stromen belemmert, zodat ik de druppelende, hooguit sijpelende ben, er is geen wulpse klatering, want de stuwkracht is gestremd. Soms kabbelt het vanzelf uit me weg zonder dat ik het besef, en als ik het wel besef zonder dat ik het kan stoppen, aangezien de rem ook niet meer naar behoren gehoorzaamt. Om mijn gestuntel te camoufleren begin ik te neuriën. Als je dan niet rijen wil dan draag ik je. Des te harder roept zuster Morton: Uw pamper. Deze hangt tussen mijn knieën. Een dot nattige papierwol of wat is het voor stof, waarin zich een geel waddeneiland aftekent, ik meen ook enige strepen in dieper aangezet geel, meer tanig van tint. U had moeten fluiten toen u voelde dat het kwam, dat is toch niet zo moeilijk te onthouden, zo blijven we aan de gang, hè meneer Busken nou toch, doet u dat expres. Ik kijk neuriënd naar de vloer, ellebogen op mijn knieën. Onder mijn voeten door en voor mijn voeten langs liggen er vijftien en een halve. Van mijn voeten naar de muur tegenover me zijn het er zeventien hele. Alle tegeltjes zijn wit. Dit verlang ik altijd voor alles te verifiëren, want ik ben gehecht aan vast- en zekerheid, er verandert toch al zo veel. Als ik zijwaarts kijk, zie ik eveneens tot mijn gemoedsrust de tandenborstel in het glas op de wastafel, het dopje is niet op de tube tandpasta gedraaid, ik doe bepaalde dingen niet expres, bepaalde andere dingen wel, maar het dopje krijg ik niet zelf terug op de tube doordat mijn handen daartoe te onstuitbaar sidderen, het losschroeven gaat wel, waarbij het dikwijls uit mijn vingers glibbert. Valt het in de wasbak, dan kan ik het oppakken en naast de tube leggen, zodat de schoonmakers het wel vinden, kaatst het weg over de vloer, dan kan ik me, als ik het al zie liggen, er niet naartoe bukken met het oog op mijn rug. Een koddige manier van zeggen. Kennelijk is de schoonmaakploeg nog niet geweest. Rutger laat met therapeutische bedoeling zijn sleutelring of iets anders op het balatum vallen en doet me voor hoe ik als ik iets heb laten vallen het dien op te rapen, hij zijgt met rechte rug door zijn knieën en neigt met gestrekte arm en rechte rug voorover, zo doet u dat, goede gymnastiek, u ondervindt er baat bij in uw rug, denk aan uw adem. Met kauwende kiezen, alsof voor oprapen ook bewegingen der kaken heilzaam worden geacht. Ik doe of tal van zaken niet tot me doordringen, ik ben me daar gek. Vasculaire dementie, heb ik Carola horen diagnosticeren, wat weet dat mens ervan met haar bekraste bril, gebrek aan dopamine, kwebbel maar raak. Het dopje wordt op gewone dagen, op tijdstippen gedurende welke cliënt niet in zijn/haar kamer verblijft, op de tube terugbevestigd door de persoon, schoonmaakploeg genoemd, die het vertrek en de toiletruimte komt stofzuigen, met een natte dweil de vloeren doet, het bed opmaakt en het dopje op de tube schroeft. Heden is klaarblijkelijk niet een gewone dag, mijn bed ligt er nog precies zo onordelijk bij, ik ben de orde der dagen en dus die in mezelf bijster, het is geen Hildedag, geen Rutgerdag, ook geen vrijdag, want dan word ik het kantoor van Carola binnengereden of dat van die andere pot pindakaas, een psycho, dat is iets anders dan een psychia, het is ook geen zater of zon, want dan zijn er weer andere zaken om zich zeker en veilig te voelen, bijvoorbeeld bingo met knalprijzen of Stee van Stilte, misschien is het tweede kerstdag, of hemelvaart, of suikerfeest, of iets nationaals voor vrijheid, vorst en volk met zaklopen, gansknuppelen en wc-potten smijten. Barbiekeu. Aangekondigd op het mededelingenbord. Kortom ofte ad summam, dit laatste is Latijn, ik schreef mijn eerste dissertatie in deze klassieke taal, een nietgewone dag, ik mocht op een ongebruikelijk uur onder bomen zitten waar ik niet mocht zitten, ik zie het ook aan het glas tegen de binnenkant waarvan de tandenborstel leunt, wijl in die binnenkant ringen van mijn spoelwater zichtbaar zijn gebleven, die er anders door de schoonmaakpersoon uit zouden zijn verwijderd voor- of nadat door deze het dopje op de tube was gedraaid. Als u klaar bent, zegt Moniek, ik heb meer te doen en ik wil naar huis. Ik verplaats mijn blik naar haar gezicht, het staat ongeduldig, maar blijft me in stille aanbidding ontroeren. Ze heeft bij de wastafel een washandje nat gemaakt en steekt het me toe. U eigen schoonmaken kan u zelf wel, wat zit u daar nog met dat potlood in uw hand. Ze neemt me het kleurpotlood, nijlgroen, af en steekt het bij de oranje tandenborstel in het glas, waar het niet hoort, het hoort in het emmertje met de andere kleurpotloden op mijn schrijftafel. Ook hoort een potlood niet met een tandenborstel in een wastafelglas, daar een potlood een elitevoorwerp is en een tandenborstel tot het plebs der dingen behoort. Sereen nijlgroen gecombineerd met opdringerig oranje stoort mijn ethisch besef al evenzeer. Ik neurie niet meer. Met het natte vod grijp ik ook haar hand om me op te hijsen, voorovergekromd me kreunend achterlangs soppend, blijf ik haar vasthouden, onhandig modderend, en voel ik hoe zij tegenwicht geeft. Door mijn houding en bewegingen valt het conducteursfluitje uit het zakje aan de hartkant van mijn overhemd en zonder dat ik haar loslaat raapt zij het op zoals Rutger zijn sleutelbos. Als u zou hebben gefloten zou ik het waar dan ook hebben gehoord en meteen zijn gekomen, ik geef het u toch niet voor niks, hè meneer Busken nou toch gatverdamme, ga maar weer zitten. Met het fluitje raapt ze het dopje van de tube op, dat tegen de witte rand van de douchevloer naast de toiletpot bleek te liggen, wit tegen wit op witte tegels, ik zie het pas nu ik het zie. Ze is alweer overeind en laat me los om met een klap het deksel op de wc-bril te laten vallen, deze is aangenaam van temperatuur aan mijn natte achterste. Geef maar hier. Met beide handen grabbel ik de luierconstructie uit mijn onderbroek en overreik haar die. Met schaamte. Ik schaam me. Mijn miezerigheid, wat is er van me over. Weer een klap. Nu van metaal op metaal. De pedaalemmer. Ze verlaat een ogenblik de ruimte en komt met een verse pamper terug. Daar ligt een stapeltje van op de een na onderste plank in mijn kleerkastje tussen werktafel en bed. In dat meubeltje van armzalig hout bevindt zich ook, smetvrij gehouden in een plastic hoes, mijn smoking voor galadiners en andere ontvangsten waar ik regelmatig als eregast word verwelkomd op ambassades, paleizen, universiteiten, laatst nog door de pauselijke nuntius. Opnieuw op dezelfde wijze gehurkt vouwt ze het stijve ding in mijn directoire, zo noemde mijn moeder, dat kwalijke mens, toen ze nog in het knopenpaleis resideerde en dacht dat ze heel wat voorstelde omdat ze op tuinfeesten werd gedoogd, opeens een onderbroek. Zo had ze het ook over pot de chambre als ze de pispot bedoelde, maar ze sprak het allemaal uit met haar oude tongval van zoute drop. Ik zie van bovenaf Monieks koperglanzende haar, dat ik niet durf te strelen, stel je voor. Van onderen bloot en met uiteengeweken knieën zit Papageno te kijk, al weet hij met de washand zijn verschrompelde vogeltje aan haar oog te onttrekken. Tot ze de waslap weggrist om onder de kraan uit te spoelen, haar plastic kontje naar mij toegekeerd, vlakbij. Stel je voor. Ter weerszijden van de toiletpot zijn grijpijzers, daar trek ik me aan op, houd ik me aan vast, kan ik op en tegen leunen bij het, met één hand, ophalen van het naar mijn voeten gezakte textiel, scheef, schots, het luierding dreigt over het elastiek heen te puilen. Wachtwachtwacht, schalt zuster Morton, ik help, zo gaat u vallen. Kan u echt helemaal niks zeggen of hebt u zo de pest aan mij dat u niks zegt en niet fluit omdat u mij misschien haat als de als de. Kan ik ook niks aan doen. Werkt u wel een beetje mee? Pest: vier letters. Haat: ook vier. Haar woorden verdrieten me. Je moest eens weten, lieveling, vreugde van mijn senescentie, troost van mijn regressie. Ik houd van je, al van vóór de dertiende eeuw houd ik van je, ik geef je al mijn sigaretten, tooi je met de edelste steenten, bezing je in sier- en flonkerwoorden omrankt met klanken van mijn harp en slagwerk, zo houd ik van je. Alleen helaas die stem van je. Zit het goed zo? De onderbroek omhooggesjord tot onder mijn navel. Ze voelt nog even of het spul dat erin zit als een opgevouwen krant ter plaatse blijft. Ze voelt. Stevig. Met haar volle geopende hand. Tussen mijn benen. Nu de pantalon nog, de rits doe ik zelf. Weer gearmd als bruidspaar, omdaverd door de orgelsymfonie van Saint-Saëns, schrijden wij, ik met mijn malse boterbloem, door de hoge hallen van mijn verbeelding, maar eerst wijs ik nog naar het glas op de wastafel, dat potlood hoort daar niet, ze drukt het terug in mijn hand. Ainsi, tu es mort, mais tu n'as pas disparu. Zo begin ik altijd mijn toespraak als mij is verzocht te spreken bij de groeve van vermaarde wetenschappers, kunstenaars, notabelen die mij in mijn lange leven als collega tegemoet zijn getreden. Met altijd bedoel ik: altijd beginnen met een citaat in een buitenlandse taal, dat geeft cachet, iets van Proust of Shakespeare, een zinsnede in het Latijn duidt zeker op distinctie. Bene agere et nil timere. Dit rijst uit mijn gedachten op nu ik op mijn studeertafel een gestorven blauw vlindertje zie liggen. Hoe komt dat daar. Het moet zich nog enige centimeters over het papier hebben voortgesleept, wat is te zien aan het spoortje dun kleurloos poeder, dat het diertje als nutteloos geworden ballast moet hebben afgeschud alvorens het geestje te geven. Tja, Moniek heeft mijn blik gevolgd, we staan even stil, dat zag ik buiten al, niks meer aan te doen. Ik begrijp haar niet. Wel wat ze zegt, niet wat inhoudt wat ze zegt. Blijft u zolang hier tot de thee? Waar wil u zitten, hier of daar. Ze zet de stoel bij de tafel zittensgereed achteruit terwijl ze naar de stoel bij het raam wijst. Hier maar? Het dode beestje beweegt op de tocht van mijn adem. So laß uns Abschied nehmen wie zwei Sterne, durch jedes Übermaß von Nacht getrennt. Ook mooi. Van Rilke. Die heette Rainer Maria. Die is nog eens mijn hand komen schudden, zijn andere hand er hartelijk overheen. Een beminnelijke collega. Of iets uit Prediker. Of een palimpsest. Ik vergis me, moet zijn psalmvers. En dan na zo'n statige sest, correctie: tekst, verdergaan met Wij zijn diep geschokt door dit verlies. Eerst een dode bij, dan een dood mens in een koffer, nu dit vlindertje. Dat komt doordat ik geen mes heb. Diep geschokt reageer ik, door op te veren, de luierwatten blazen lucht tegen en tussen mijn zitgleuf, op wat zuster Morton in haar kordaatheid onderneemt, nota bene zonder voorafgaandelijke ruggespraak met mij. Ze krult het blad papier waarop het diertje ligt opgebaard en loopt ermee weg. Klap. De pedaalemmer. De schoonmaakploeg heeft al genoeg te doen, al die papiertroep hier op uw tafel ook. Waar is uw boek. Ze begint mijn paperassen te verschuiven, op de deels beschreven papierstrook van mijn levenswerk is wat van het stuifpoeder achtergebleven. Blijf ervan af, mens, ik doe of ik naar haar handen sla. U hoeft niet zo narrig te doen, meneer Busken. Hier is uw boek. Iedereen doet zijn best voor u, u mag best wat vriendelijker en beleefder zijn. Ze geeft me weer zo'n duwtje tegen mijn slaap bij mijn oor, wat ik zie terwijl ik het voel, lichtblauw lichtflitsje in mijn binnenhoofd. Lichtblauw vlindertje op een steen half in zee, het water klotst er schuimend omheen, overheen. Heel heel ver in mijn herinnering opeens, het is meteen weer weg. Er horen oe-klanken bij. In de trein langs eerdere haltes terug naar het beginpunt. Dingetjes. Ik hoor haar van mij weglopen, naar de kamerdeur veronderstel ik, om in de gang te verdwijnen, haar dienst zit erop, ze gaat naar huis. In plaats daarvan stapt ze opnieuw de toiletcel binnen, die niet met een binnendeur is afgesloten, ik zit er ver van verwijderd met mijn rug naartoe. Op haar beurt, denk ik, laat mijn verzorgende zich nu tot haar bevrijding op de bril neer. Na stilte en geritsel van kleren wordt geklater waarneembaar dat mij verbaast, als van een krachtige straal die van zekere hoogte in het water in de pot wordt gemikt. Stáát ze te pissen, terwijl het vrouwelijke deel der menselijke wereldbevolking zulks zittend pleegt te verrichten? Hoewel ongebruikelijk, is het vrouwen mogelijk zich rechtop van hun overtollig vocht te ontdoen, hetgeen ik weet uit eigen waarneming, daar niet van, maar dan toch niet met zulk scherp gedruis van water in water als ik het nu verneem. Heeft het te maken met de opheffing van ieder geslachtsonderscheid in instellingen als deze, waar ieder personeelslid, vrouwelijk, mannelijk, eender gekleed is in een interseksuele broek? Vrouwen dragen een broek teneinde mannelijk te lijken, ze laten snor en baard staan en pissen staande, want ze moeten door een of ander plafond, volgens Babet, als ze maar niet zoals mannen zo vaak ernaast morsen op de vloer, op de bril. Die moet omhoog, begreep ik, want mannen zitten ook graag droog. Schorre schraaplach van Herman. Onderscheid der seksen verdwijnt, peroreerde Babet. Als de trein weer eens te laat is, hoor je door de microfoon niet meer dames en heren, maar beste reizigers, iedereen is gewoon een mens zoals een ander mens, vrouwen net zo goed, ongeacht hun kunsten, ik bedoel hun kunde. Je bedoelt kunne, onderbrak ik haar. Ach jij altijd, alles altijd beter weten. Ze had toen een gebitsprothese in haar onderkaak, maar die raakte los tijdens het praten. Ze verwijderde het ding uit haar mond en legde het glinsterend van vettig spuug op de krant tussen ons in op tafel bij de vaas. Je ziet het ook bij homosuelen, vervolgde ze, en aan transdingens. Herman uitte een geluid. Ja, zei Babet, dat woord zocht ik, transietsen. Dat zijn mensen of personen eerst vrouw en toen man of omgekeerd omdat ze zich niet lekker voelen in hun eigen geslacht en in dat van het andere wel, laatst nog op de televisie, maar als jij nooit kijkt. Zou mooie Moniek in haar strakke broek, die ik het toilet hoor doorspoelen, voordat ze hier in dienst kwam een mooie efebe zijn geweest, die wel al borstjes heeft maar nog niet is ontpiemeld, dat gebeurt eerdaags, en van wie ook het stemgeluid nog moet worden ontmannelijkt, waaraan hard wordt gewerkt ten praktijke van zoiemand die daar verstand van en middelen voor in huis heeft. Doei meneer Busken, tot morgen. Zit u goed, heb u alles, fluitje heb ik hier vanboven teruggestopt. Een klop op mijn schouder, vriendelijk, bemoedigend, zo ben ik geneigd en bereid het te begrijpen, maar bruusk van aanvoelen, ook dat vergt nog enige correctie tot vervrouwlijking indien dit gewenst en de bedoeling is. Een halfjaar terug heette ze misschien nog Nico, Niek of Nick voor de vrienden. Kontje. Mijn volle geopende hand tussen haar benen, zoals de hare tussen de mijne om te voelen, ik om te voelen bij haar, zou mij dat worden toegestaan? Toedeloetjes, zegt ze nog met haar diepe register. Deur dicht. Met koene soldatentred beent ze door de stenen gang. Of zou het andersom zijn en is ze een mooie vrouw die verder wil als mooie man, zoals in mijn juwelenjaren ik er een was, waartoe haar voorheen wellicht grijprijpe goudrenetten van borsten al zijn verkleind tot pruimpjesformaat en de laatste fase aanstaande is zodra de aannemer tijd heeft voor het vastlassen van de donorpenis met aanhangig toebehoren. Vandaar dat ze nu nog Moniek heet en weldra Niekolaas speculaas twee kaatseballen in een net. Ook is nog mogelijk, men verneemt daar weleens over, hier een verschijnsel waar te nemen dat vrouw en man tegelijk is, bij zulke constellatie spreekt men van hermafaat thermostaat hermafant hermafondiet hemafondant. Waar is mijn briljante woordenkennis. Als parelkralen die van een snoer glijden beginnen woorden me een na een te ontvallen wegens vergetelijkheid. Dit laatste begon met gezichten, namen, boektitels. Goed, niet meer op een jaartal kunnen komen of op een huis- of postcodenummer, alla, dat zie ik door mijn vingers, maar woorden, mijn schat aan woorden is altijd groter geweest dan de goudstapels van Ali Baba en Priamus tezamen, woord na woord nemen ze me hier af, ik stel dit vast sedert ik hier mijn vrijheid ontboezem, moet zijn ontbeer. Ik ben hier ook altijd zo moe. Wat ik vroeger nooit was. Altijd actief en bezig, ik, voorheen, altijd ondernemend en aandachtig, vrouwen, mannen, mij maakte het niet uit in bed, nog niet trouwens, ik ben polyhoeheethet, alleseter. Dat zei ik nog tegen Beatrix toen ze het me vroeg. Aangezien haar eega, van duitschen bloed, er ook bij was, drukte ik me te zijner gerieve galantheidshalve uit in zijn taal en die van Hölderlin en Einstein, immer Wollust und Frohlocken zei ik, ik studeerde in Heidelberg en Jena. Niet met alle vrouwen of mannen of allebei of meerdere tegelijk natuurlijk, ik legde daar standaarden en maatstaven voor aan, ik heb daar enige publicaties over op mijn naam gebracht, waaraan ik mijn internationale reparatie dank. De gemaal van Beatrix sprak mij aan met Herr Doktor, tegen hem mocht ik Hugo zeggen, daar stond hij zelfs op, ik was nog bij zijn kelderlegging in Delft, tussen al die gekroonde hoofden, daar bestaan foto's van, in 2006, hij liet zich overlijden door euthanasie, so laß uns Abschied nehmen wij zijn geschokt, toedeloetjes, is ze nu een vrouw, een man, een manvrouw of een het zoals Jezus Christus, mag ik eens voelen, nee mag ik niet want ik sta onder bewind van kantonvlechters en avocado's en kan niet meer zelf over mijn geld en goederen beschikken omdat ik zo moe ben, altijd moe sedert ik hier ontbeer vanwege al die pillen en spuiten en de depressierotzooi die ze hier door het vlees draaien, ik zou een mes moeten hebben. Is dit nu helder geconcentreerd adequaat revelatief denken, cliënt Busken, wijsgeer des vaderlands, wat ik ben geweest tussen negentienzoveel en tweeduizendzoveel, tijdens twee millennia, jaartallen ontschieten me nogal eens de jongste tijd. Ik heb een oude ziel, ik lijd aan heimwee ook. Als men niet doelgericht denkt en men gedachtetjes maar laat gaan zoals ze gaan van hier naar daar van dit op dat en achterstevoren en ondersteboven en van de zolder naar het souterrain, dames en heren, beste reizigers, dan kan u beter gaan vissen, zoveel gedachtetjes, andere gedachtetjes, tussengedachtetjes die warrelen als door elkaar heen zwevende stofjes die elkaar niet raken, maar wel een kosmos vormen, dit is het universum der denkwereld zult u zeggen, doch ik, waarde toehoorders, neen zeg ik, ik zeg neen. Mijn ogen zijn slaperig teruggegaan naar het papier waarop het vlindertje lag dat is verdwenen. Door mijn zware ademen is ook het restantje van het ijle poeder ervan weggeblazen. Het is weer wit, hoewel gekreukt. Mijn hoofd is leeg. Met het uiteinde van het potlood tik ik tegen mijn tanden. Ik begin te schrijven. Op het witte papier. Een in memoriam. Ik ben te verstrooid. Te ontroerd. Te kwaad. Te van alles en alles tegelijk. Waar zijn mijn gedachten. Ik hijg van onrust.

Angst. Angst. Tot het tijd is voor de thee ga ik maar liever kleuren, ik beschik daarvoor over wel vijfentwintig Caran d'Ache-kleurpotloden met de punten naar boven in het blikken emmertje. Ik zou een mes moeten hebben om de punten scherp te houden. Ik heb wel een slijpertje maar dat is steeds weg. Ik laat het boek willekeurig openvallen en blader door en terug tot ik een prent vind waar nog niets is gebeurd. Een bos of een tuin. Op de voorgrond, omringd door boomstammen, bloemen en gras, een vennetje met vissen, die maak ik natuurlijk oranje. Tussen de stammen, verderop, een huis met een houten balkon en houten luiken naast de ramen. Boven het bos een bergwei met koeien en een paard, zoals ik ze ook zie als ik hier voor het raam zit, en daar weer boven wolkjes, die laat ik wit, witwit, niet donkerwit, drijvend in blauw, ik heb verschillende blauwen in het emmertje tot mijn beschikking om speciale woorden mee te noteren, of letters, ik maak eigen letters. Het vennetje maak ik nijlgroen, dat heb ik toch in mijn hand. Ik ben een begaafde kleurartiest. Op de kunstacademie mocht ik onderscheidingen en ovaties in ontvangst nemen dewijl ik zo begaafd kon kleuren, wat ik nog kan. Mijn hand beeft te veel, ik schiet met onbeheerste strepen buiten de oevers van het watertje over het gras dat ik in ander groen had gedacht. En de bloemen eromheen dodendronsrood met een geel centrumpje, of geel met een drensdodrons middenrondje als een jas- of jurkknoop zonder gaatjes, zijnde het hart des bloems. Ik ben te moe, te in de war, steeds vaker de laatste tijd. Ik schuif me van de tafel weg, waarbij de stoelpoten schreeuwen, om bij het raam te gaan zitten, zonder me nog eens op deze stoel te laten zakken en opnieuw op te staan, zo een keer of vijf of meer naarmate ik het volhoud met mijn rug, waar joelende indianen op hun paarden me met tomahawks hebben getroffen, een ervan kwam in mijn achterhoofd terecht. Ik weet het bed te bereiken, aan de andere kant waarvan de raamstoel staat, ik moet om het bed heen, vier vijf kleine stapjes, maar ik voel me door mijn benen zakken, gierend naar adem, op de rand van het bed moet mijn lichaam even rusten. Niet alleen is het bed niet opgemaakt, het ligt er wanordelijker bij dan toen ik erin wakker werd, wakker gemaakt door Nick Morton met zijn diepe luide stem. Ik kom liggend op de leverkleurige rubbervlakte terecht die over de matras is gespannen, het verfrommelde onderlaken nattig tegen mijn borst, het stinkt naar pis en ik hijg toch al zo. Ik zal hier reclames over indienen, daar kunnen ze op rekenen, dan kennen ze me nog niet, tot het hoogste gerechtshof aan toe. Achter mijn ogen begint een woelig rimpelen, van papier, van water.

... hier bijna zwart, maar verderop is het diepdonkerblauw, nog verder doorzichtig libelleblauw en weer verder weg waar de wereld ophoudt is het wit. Het komt vanuit eindeloosheden met hoge golven die in het witte gedeelte ontstaan buitelend recht op me af. Als ik blijf staan klettert er steeds zo'n golf van bovenaf op me neer als een instortend dak, beukt me omver en trekt me door de zwarte modder een eind mee de zee in tot waar ik geen bodem meer voel en de haaiendiepte begint. Ik ben echter een kampioen zwemmer die al vele medailles heeft behaald, of anders bouw ik gauw een vlot. In dit uitgestrekte zoute blauw zal ik niet verdwalen noch ten onder gaan, zoals mijn moeder in mijn oren schreeuwt. Ik zie je nog verzuipen. Ze schudt me bij mijn arm zo hard door elkaar dat ik, als ze loslaat, opnieuw in de branding val. Een lel tegen mijn kop. Nog een. Weer een.

Als ze begint te meppen houdt ze niet meer op. Daar heb ik hersenletsel van overgehouden. Moet je verzuipen? Wil je verzuipen? Verzuip dan maar. Niet dat ik er een traan om zal laten. De zwarte modderstrook is waar het strand, vol stenen en rommel, ophoudt en de zee begint. Als je eroverheen rent blijven je voetstempels erin achter tot een golf ze meteen weer uitveegt. Als je blijft staan perst het zwart zich tussen je tenen omhoog, als je langer blijft staan zuigt het je voeten helemaal op. Tot het water opnieuw tegen me op springt en ik nog net een gil kan geven voor ik naar het diepblauw word meegetrokken en door de branding vanzelf weer aan land word geduwd. Ik ben daar gelukkig. Zon. Overweldigende zon. Steeds als ik opnieuw aanspoel is mijn kinderachtige korte broekje onmiddellijk weer droog door de zon. Die vrouw, dat is mijn moeder, loopt in de verte over het strand. Dat die vrouw mijn moeder is weet ik zeker, al weet ik het ook niet zeker. Ze interesseert me niet. Ik denk nooit aan haar. Die man is bij haar. Niet mijn vader, ik heb geen vader. Nu is die man bij mijn moeder, dat is de vrouw in de verte. Zo'n geweldige zon dat ik haar bijna niet zie in het daverende licht, wel dat die man zijn arm rond haar middel heeft geslagen en haar tegen zich aan trekt. Op de onnozele vraag van die man steek ik de vijf vingers van mijn ene hand op, en van mijn andere hand de twee waar ik een potlood tussen klem, de botte punt daarvan, ik ben mijn slijpertje kwijt en heb ook geen mes, is het askegeltje van een sigaret, er kringelt rook omheen. Seepen jaarrrr. Grrroote keerrrel al ja. Ook hij draagt een korte broek, verder niets, net als ik, de zijne is van kaki, mijn moeder zegt keki, de bovenste knoop precies onder zijn navel. De helft van mijn pink zou in die navel kunnen, zo diep ligt hij in de mokkakleurige huid. Hij is niet dik als Boeddha, toch spant zijn buik rondom de krater en trekt die open, zodat ik er recht in kan kijken in close-up, dit betekent van dichtbij, maar ik draai mijn gezicht van hem weg, ik draai me helemaal van hem weg, geen zin om met die man te praten. Waar is mijn vader? Soms vertoont mijn moeder zich nog wel in mijn universums, een of andere vader nooit. Kan het niet wat beleefder? Mijn moeder met een opeens wat gruizige stem. Doe eens wat vriendelijker. Lel tegen mijn kop. Ik ren weg door de zwarte vloedlijn, het water spat tot boven in mijn broekspijpen en tegen mijn hoofd vol woorden, woordklanken, lettergrepen. Die schreeuw ik naar de brandingen zoals ik er wel vijf met witte schuimkrullen zie steigeren als paarden in het blauwe gedeelte van de zee. Keerrrel! Beleefderrr! Toedjoeh! Dat is het woord voor zeven, of zeuven zoals mijn moeder zegt, maar niet zoals die man het uitspreekt, seepen. Ze kunnen hier de v en de f niet zeggen, in plaats daarvan zeggen ze een p. Priendelijkerrr. Ik ben verplaatst naar zulke lang geledens, zo ver weg, dat ik er nooit meer kom. Ergensoorden in mezelf waar alles dacht ik voorgoed was verzonken, toegedekt, begraven als oud vlees zoals weldra het mijne, dat duurt niet lang meer. We kunnen proberen al die dingetjes onder hypnose op te graven. Dingetjes. Drie lettergrepen, negen letters. Kapelaan Vliegenthert zanikt: U moet niet almaar zo aan de dood denken, beste meneer Busken. U moet het zo zien, kijk. Stemmen. Geluiden. Vogels boven de zee vol vissersprauwen. Een vogel komt hierheen en duikt verschillende keren naar iets in de lucht, maar krijgt niet in zijn snaveltang wat hij wil hebben om door te slikken, iets kleins en fladderends dat steeds in alle richtingen weet uit te wijken, ik zie pas wat het is als het vlak bij mij uit het zwerk komt vallen. Als de platte schedel van een stenen reus ligt in het zwart een zwarte kei waar de golven op stukslaan, omheen en overheen spoelen, zijn er geen golven en het waait dan verzamelt het zand zich er tegenaan en bovenop, zodat je erover kan struikelen als je niet uitkijkt waar je rent. Hoe kom je nu weer aan die bloedschram over je been. Mijn moeder, klaar om te meppen, in die jurk met de bleke vierkantjes rechthoekjes streepjes mijn manuscripten staan er vol mee en met vogels en golven. Meisje, ook mokkakleurig zoals die man, ook alleen een broekje aan, zij met bloemen, ook toedjoeh zoals ik, kijkt net als ik naar het uit de lucht gevallen diertje dat in het schuim op de rotsige kei zit uit te puffen van de achtervolging. Koepoekoepoe biroe ketjil, zegt ze. Dat zie ik heus zelf ook wel, snauw ik. Dat bruine kind en ik, ik ben een sinjo belanda, een wit joch, begrijpen elkaars taal, we zijn al heel lang getrouwd. Biroe is blauw, koepoekoepoe is vlinder, plinderrrtje zeg ik, ketjil betekent namelijk klein. Ze geeft me een duw zodat ik naast het stuk rots in het gore water val. Ik geef haar een duw zodat ook zij. Dan zij mij weer en ik haar. We schreeuwen van het lachen. De zoute golven over ons heen als instortende daken. Ik ben daar gelukkig. Die vogel komt terug, recht uit de zon, er klinkt iets ronkends, zijn snavel als pijlpunt op de steen gericht. Tik. Hap. Ronkend met een opwaartse boog terug in het stralende biroe. We drijven in het zwarte trekkende water en zien het gebeuren. Ik herken haar soms nog op een langsflitsend diaplaatje. Zoals zij en alles toen was en het al heel lang weg is, kwijtgeraakt, voorbij. Hunkerende spijt daarover. Zoals ze gebloemd om me heen door het zwarte schuim spetterde en water naar me toe schopte, het bruisende licht in al die rondzwierende druppeltjes. Je zal zien, onder hypnose kan hij gewoon horen en praten. Maar als hij niet meewerkt. Noteer ik dan maar twee boksende kangoeroes? Men knijpt in mijn arm en schudt aan me

... wij skoonmakken hier. En de bed opmakken mienier. Een aldus Nederlandssprekende vrouw met een grijze hoofddoek tot onderlangs haar kin, die alleen haar ogen, neus en mond onbedekt laat. Deze huidfragmenten hebben de kleur van donkere tabak, de zware shag die Herman rookt. Ze is bezig met een rond een trekker gewikkelde natte dweil, de steel rechtop voor haar mollige gestalte, handen in rood latex, met een ervan stoot ze me aan tegen mijn bovenarm, mijn schouder, waarvan ik wakker en tevoorschijn schiet. Men moet mij niet onverhoeds aanraken als ik afwezig ben en niets zie en hoor. Dat veroorzaakt trauma's en turbulentiën in mijn geestelijkezorgsector. Deze vrouw is allochtoons. Nooit zwart zeggen, zegt Babet, want dat is kwetsend en racistisch. Je moet zeggen gekleurd. Neger zeggen is ook fout want dat betekent zwart en daar kunnen die mensen niks aan doen, dat zijn gewoon mensen als ik en jij en Herman en als bijvoorbeeld joden, die kunnen daar ook niks aan doen. Allochtoon is even denihoeheethet beledigend voor mensen die ergens anders vandaan komen, je moet zeggen nietwesters persoon of iemand met een migratieachtergrond. En jezelf blank noemen is ook hartstikke, je moet zeggen wit. Tijdens dit college in hedendaags taalgeschuif, woorden vervangen door andere woorden zonder dat aan de kernbegrippen iets verandert, zoals patiënt in cliënt, geïnterneerde in bewoner, sterven in heengaan, wat ik allemaal nonsens en onnodig acht, daar het tot onhelderheid leidt, hetgeen ik afkeur, ikzelf ben een heldere woordgebruiker, had Babet wat paprikanootjes in haar mondholte geschoven en doorbabbelend weer in haar hand laten terugkeutelen, want erop knabbelen kon ze niet, waar ze niet aan had gedacht. Ze legde ze in een boogje rond de tanden van haar ondergebit op de krant. In de mij toegewezen gestichtskamer, bij de deur naar de gang, die openstaat, zodat eenieder die daarlangs loopt bij mij naar binnen kan kijken en mij ziet liggen, hetgeen ik onprettig acht, is nog een vrouw aanwezig. Zonder hoofddoek, westers, kanarieblond, zij ook haar handen in rood latex, geklemd rond de stang van een ronkende stofzuiger. Met haar voet stelt ze, tik!, het apparaat buiten werking en roept iets de gang in. Verzorgende Sjoerd banjert binnen, in de gang al begonnen met berispingen: Wat beleven we nu, meneer Busken. U weet toch, u weet heel goed, wij gaan overdag niet in bed liggen. Of bent u ziek, voelt u zich niet goed? Dan had u moeten bellen, daar is dit knopje voor. Helemaal aangekleed en met schoenen aan in bed, meneer Busken, dat doen wij hier niet, dat weten wij goed genoeg. Kennelijk heet ik Busken. Voorletter E. Dat staat buiten op de deur van dit onderkomen. Kom, staat u op, Sjoerd schudt ook aan me, de dames moeten hier hun werk kunnen doen. Lukt het? Hou u maar vast aan mij. Ziezoohoo, we doen kalm aan. Ik kom tot zitten, benen buitenboord, de ene instapschoen valt van mijn voet. Ik bezit wel schoenen met veters voor pontificale gelegenheden, maar ik krijg de veters niet meer eigenhandig gestrikt. Daar zou ik assistentie bij behoeven, maar van wie. Mijn dochter is geëmigreerd. De stofzuigervrouw merkt op: Hij heb twee verschillende sokken aan. Moet zijn: hij heeft. Zo'n ringetje door haar onderlip, wat weet ik immens veel, heet een labret. Dat moet toch niet prettig zijn, zo'n piercing door je lip, waar je desgewenst je sleutelbos aan kunt vasthaken. De vrouw met de hoofddoek, een hidjab, kopvod zeggen is al helemáál, houdt Babet, speeksel verliezend, ons voor, sluit de deur van de smalle kleerkast en gaat er met een doek over. Dat die deur half open was gebleven had E. Busken al eerder geregistreerd, maar de met deze naam aangeduide bewoner is te beroemd en gevoelde zich te uitgeput om hem te sluiten, daarenboven is voor het sluiten en afstoffen van kastdeuren personeel voorhanden. Er verschijnt nog een vrouw in de deurlijst, Mieneke Kalckbrander, voorheen bekend van de cinema, daar herinner ik me haar naam van. O, ben je hier Bussekruidje, ik zocht je al. Er is sprits bij de thee. Heb je liggen maffen? Lekker gedroomd? Of ik heb gedroomd, daar wordt hier nogal eens naar geïnformeerd. En wat ik dan heb gedroomd en of ik er heen en weer zwaaiende balken bij tegen mijn schedel heb gekregen. Ik droom nooit. Sjoerd zet de rollator dichter bij me neer. Of liever de rolstoel, vraagt hij. De rollator maar? Zal ik u helpen? Uiteraard wijs ik ieders hulp af, hidjab wil me ook bij de elleboog vatten om me overeind te wrikken, ik glimlach haar op hoofse wijze toe, maar tolereer haar aanraking niet. Die met de stofzuiger: Nou moe, sorry hoor, daar hoef je toch niet zo'n saggerijnig snuitwerk bij op te zetten, opa. Zij zal vandaag nog worden ontslagen en tot brodeloosheid veroordeeld de straat op gejaagd. Zorg ik voor met mijn autoriteit. De rollator gaat niet vooruit, al duw ik ertegen, wankelend, bijna kapseizend, maar ik blijf op mijn benen, zonder van pijn te kreunen waar anderen bij zijn. U staat in de handremmen te knijpen, zegt Sjoerd. Is dit vandaag of nog gisteren of jaren terug toen iedereen nog leefde? Is het ochtend en moet ik nu mijn tanden poetsen? Uw schoen, zegt Sjoerd. Hidjab kromt zich naar de vloer om de ondersteboven gekantelde schoen rechtop voor mijn voet met de grijze sok te zetten, waarvoor ik haar opnieuw met een hoofdknik dank, immer galant als ik van nature ben, glimlachen doe ik maar niet opnieuw, ik heb er het gezicht niet voor. Daar ben jij toch dol op, op sprits. Dit hoor ik Mieneke Kalckbrander zeggen, terwijl ook de geelblonde met de lipring iets zegt, die de stofzuiger met weer zo'n tik onder haar hoef laat doorronken, en Sjoerd iets zegt en de allochtoonse iets zegt. Dit laatste als volgt te verstaan: uit de hoofddoek klinkt een geluidenmelange waarin enige Nederlandse woordvocalen zijn te onderscheiden. De vrouw duidt er met haar kin bij op het tafelblad. Die papiertroep ruimt hij zelf maar op, blijf er maar af, laat maar liggen, roept haar ontslagen collega. Niet uitglijden waar het nat is, waarschuwt Sjoerd. Bij de deur haakt Mieneke Kalckbrander haar arm door de mijne en begint met me mee te dribbelen. Het een zowel als het ander mishaagt mij, al probeer ik me van haar te bevrijden, ze laat niet af en blijft tegen me praten, alsof ze niet beseft dat ik haar niet hoor aangezien ik doof ben. Ik kreeg luisterdoppen over mijn oren en een apparaatje in mijn vuist, met een knop erop, die ik geacht werd met mijn duim in te drukken, steeds als ik geluid uit de doppen zou vernemen. Voor me, tegen de muur van het vertrek waar dit plaatsvond, hing de afbeelding van een oorschelp met binnenhoofds aangeduide buizen, verbindingen, draden, kronkelconstructies, daar bleef ik beweginloos naar staren. Hoge piepgeluiden, oranje. Schettergeluiden, metaalkleur. Bromgeluiden, donkerbruin. Soms menselijke stemmen. Die behoorden toe aan de audioloog, zo noemde hij zichzelf, mij bij binnenkomst zijn hand toestekend, die ik niet drukte want ik ben dement. Een veertiger met ongeschoren kaken en onaangename mondlucht en een jong spichtig ding voor een kijkscherm. Beweegt er iets? Geen enkele reactie, rapporteerde ze. De luisterspecialist bewoog zijn hand voor mijn gezicht heen en weer, waarna ik hem, mijn ogen los van het oor tegen de witte muur, zijn duim zag bewegen of hij er een denkbeeldige knop mee indrukte, dan mij vragend aanziend naar de door mij vastgehouden knop wijzen. Mijn eigen duim bleef slap omlaag en ik keek naar hem terug met de onwezenlijke, onaanwezige blik die ik imiteerde van de mafhalzen die mij in deze dierenkooi dag in dag uit omringen. Pijn in je rug weer dat je zo hoepelig loopt? Mieneke Kalckbrander beweegt zich plankrecht, maar ze loopt niet door haar ene voet een halve meter voor de andere te zetten en passen te maken, ze komt vooruit door ze voorzichtigjes naast elkaar te plaatsen, de voorkant der ene voet fractioneel boven die der andere. Daar maakt ze handgebaartjes bij of ze met zwemvliezen tussen haar vingers steun zoekt aan de lucht om haar heen, doorgaans, zoals nu aan mij, kleeft ze zich vast aan een medebewoner, naast en met wie ze schuifeldanspasjes lijkt uit te voeren. Tot voetverplaatsingen als voor een tango is ze niet meer in staat, de totebel, al heeft ze, beweert ze, nog gejived met Fred Astaire. Schei toch uit, mens. Ik ook niet meer, de tango, zoals vroeger bij concoursen, ik en mijn danspartnerin in haar wijd uitwaaierende jurk met de gulle plooien waarin ze geurde naar wiegelbloemen, de eersteprijsbekers die ons toevielen, daar zijn nog foto's van, tot zij het aan haar knie kreeg, toen was het uit en voor altijd voorbij. Mijn hersens herhalen: Ik ook niet meer. Herhalen: Voor altijd voorbij. Zoals alles. Nu beweeg ik zelf ook niet veerkrachtig soepel gezwind, ik kan dit niet ontveinzen, maar door Mieneke Kalckbrander vertraagt mijn voortsloffen nog meer, zo hangt ze aan me en verzwaart ze het gewicht op de toch al knarsende rollator. Hoe ik ook probeer haar af te schudden, voortkwebbelend blijft ze me vasthouden, de pijn giert door mijn wervelkolom, ik hoest naar adem. Ik hoor dat ze zegt: Rustig aan maar, dan breekt het lijntje niet. Met kleine stapjes komen we er ook. We doen het in slow motion. Dat betekent langzaam hè. Wat loop je toch te shaken. Ze draagt intussen rieten sandaaltjes, alle nagels van haar tenen in een andere kleur, zoals ooit die verfdoos. Ooit die verfdoos in een vergleden eeuw op een verjaardag, ik zal tien, elf zijn geweest. Om te verven was een glas water nodig om je penseel uit te spoelen, dat water ten slotte zo drabbig als bruine soep, wat zich meedeelde aan iedere verse kleur die ik aanbracht. Bij het geschenk was één penseel, weldra zo in de rui dat er uiteindelijk drie, toen nog maar twee haren overbleven. Het fnuikte mijn talent en meesterschap. Wat een geklodder! Mijn moeder, terwijl ze mijn oor dubbelvouwde en kneep en met dezelfde vuist tegen mijn hoofd bonkte. Daar ben ik zo doof van geworden. Jij kan ook niks. Niks. Jij een kunstenaar? Ga jij maar strepen trekken op het wegdek, al is nog af te wachten of je dat misschien kan. Hee, roept Mieneke Kalckbrander, ik praat tegen je. Wat loop je nou zo debiel naar de grond en mijn tenen te gloepen. Weet je wie er dood is, Wim Turfkruyer. Ik heb geen idee. Je weet wel, Wim Turfkruyer. Ken ik niet, weet niet wie dat is. Wij zijn diep geschokt. Met grote verslagenheid. Uyer met iekrèk, gaat ze door, mijn begeleidster wier begeleider ik ben, tegen mijn meug. Ik dacht al heb hem toch zeker een week niet meer gezien met zijn hark, bleek hij er stiekem vanonder te zijn gemuisd, hoorde ik een uur een halfuur geleden daarnet. Voor Wim Turfkruyer, wie dat ook moge zijn geweest, zit het erop. Hèhè. Maar zijn sterke geest blijft ons nabij. Terugkeren mag hij in het huis van de Ene, naar hem in het boek der psalmen wordt beloofd. In plaats van dood had ze heengegaan moeten zeggen, al heb ik geen bezwaar tegen het woord dood, zwart als een neger. Die verfdoos kreeg ik van tante Marie. Die had een glazen oog. Als ze haar gezicht waste viel het weleens in de wastafel waar het rrrr bleef rondtollen tot het op het roostertje tot stilstand kwam en haar daar bleef aanstaren. Regelmatig opgedist verhaal met onomatopee en al. Iedereen lachen, tante Marie zelf ook, ik niet. Sta eindelijk eens stil, gedachtecarrousel. Als vonkjes rondvliegende gedachtetjes, ingevinkjes, flakkerinkjes over het denkveld, die me afleiden van filosofische gepeinzen. In zo'n draaimolen, vroeger op de kermis, hing boven de rondhossende wagentjes een kwast, wij zeiden flosj, en als je die tijdens de rit kon losrukken mocht je voor niks nog eens. Boven mijn geestesdwarrelingen zou ook zo'n flosj moeten hangen om tot werkelijk denken te kunnen komen. Me concentreren kan ik niet meer sedert ik zo ben gevallen. Stemmen in mijn hoofd en darmen en daar echoënd door gangen en portalen, iedere stem een andere kleur. Lettergrepen. Letters. Wij zijn mensen van de dag, zegt Mieneke Kalckbrander. Oom Jan van tante Marie wilde iedere dag spruitjes. Dit heeft te maken met haar glazen oog. Ik was erbij dat ze dat oog uit haar gezicht haalde en er zo'n rauwe spruit voor in de plaats drukte. Iedereen lachen, ik niet. Oom Jan was badmeester in De IJzeren Vrouw, waar ik gratis mocht zwemmen. Bij tante Marie en oom Jan, beiden heengegaan in de betekenis van dood, had ik een bed op zolder onder de waslijnen. Als men zonder strak omkaderd denkpatroon de dingen maar laat flakkeren, heeft ten slotte niets nog met iets te maken. Daar wijd ik nogal eens gedachten aan. De gemeenschapsruimte, genaamd de huiskamer, potten met plastic planten op de vensterbanken en in het midden. Daar strompelen we binnen als in het kabinet van Jheronimus Bosch. De creatuursels aan de verschillende tafels hebben vissenkoppen en hondenstaarten, bestaan uit slechts een hoofd op kippenpoten, zwengelen met armen en handen als boomtakken bij stormachtige weersgesteldheid. Ik ben van alle cliënten alhier de enige normale. Voor mij staat ook een plastic beker klaar op mijn vaste plaats, waar ik, mijn brein gevuld met rag, niet ga zitten, maar ergens anders. Een vrouwelijke verzorgende gaat rond met een tinnen kan en giet aaltkleurig vocht in iedere beker. Thee van Dorothee, roept een der aanwezigen met als gezichtsuitwas een schuiftrompet. Deze kostelijke snaaksheid wordt vanuit verschillende richtingen herhaald, haha. Eröffne dich feurigen Abgrund o Hölle. Zo heet ik niet, ik heet Fienie, dat kan u lezen op mijn naamkaartje hier, zo heet ik al achttien bijna negentien jaar. Ach gut het kind met haar acne. Wel eerst goed blazen hoor, maant ze nog. Wie niet eerst blaast brandt zijn vingers en lippen aan het kokende putwater in het dunne plastic en toch, men kan ervan op aan, regelmatig ziet en hoort men een bezienswaardigheid hand mond tong verhemelte huig verschroeien, waarbij gelijktijdig met pijnkreten en godslasteringen de zogeheten thee over het tafelblad gutst, of langs de onderarm elleboogwaarts of over andere lichaamsdelen van de sukkel druipt, alsook niet zelden over die van naastzittenden en het morrend stemmengedruis hoorbaar wordt in het massaspel voor idioten dat ik nog voornemens ben te creëren. Wat heden dreigt, is dat het rustig en calamiteitenloos blijft. Bij iedere beker een plastic schoteltje met een ronde sprits. Dit is geen dag als andere. Je zit op mijn plaats en dat is mijn thee en sprits. Aan mijn overkant een blazend reptiel. Ik hoor het wel, maar het scherm vertoont geen reactie. Dan proberen we nu iets anders, ja? stelde de oroloog voor. Ik zeg hier in mijn microfoon korte woorden die u in uw microfoon hoort en herhaalt, ja? Kijk jij mee op het scherm, Sara? Daar gaan we. Hij las de woorden van een wit karton. Hond. Bal. Boek. Sprits. Geen niets te zien, piepte Sara weer. Wat natuurlijk logisch is, want ik ben doofstom. Als hij met zijn hand over mijn baardstoppels streek, was dit auditief waarneembaar als wind door hoge sparrentoppen. Hier op een bijzondere dag als deze verstrekte sprits is trouwens altijd slapzacht omdat ze voor de verdeling over de schoteltjes uren te vroeg uit de buitenluchtwerende verpakking is gehaald, een betreurlijke wandaad, sprits moet korrelig bros zijn tussen de tanden, dat houd ik te vuur en te zwaard vol, en bij aardappelen hoort smakelijke vleessjuu die je proeft en niet het waterige aftreksel van maggiblokjes, hoe vaak heb ik me daar al niet schriftelijk over beklaagd. Mevrouw Van der Kolk heeft gelijk, zegt Sjoerd, die opeens, onhoorbaar genaderd weer, achter me staat. Al het verzorgende volk nadert altijd onhoorbaar opeens, ik pleeg daarvan te schrikken. U zit op mevrouw Van der Kolks plaats, meneer Busken. U bent een beetje in de war vandaag. U zit daar. In de war? Ik ben niet aan dat mens d'r sprits geweest, overdekt met grijzigblauwe schimmel. Terwijl ik opsta, de rollator grijpend, voel ik de luier tegen mijn zitvlak kleven en hoewel het allemaal niets met elkaar heeft te maken besef ik dat het blauw weer komt opzetten, blauw, blauw, zoals de pauw die in de open tuindeur naar binnen staat te kijken, alles blauw, wat ik al zag aan de schubben van dat Kolkwijf. Kom lekker zitten, Eetje. Mieneke Kalckbrander als moeke, zoals ik nooit een moeke heb gehad, tegenover mij op haar vaste plaats. Ze heeft haar sprits in stukjes gebroken, die ze om de beurt met delicate vingerbesturing haar gerimpelde mond binnenschuift en erop zuigt, wat niet hoort bij sprits, sprits moet bros en korrelig. Drink lekker je thee op. Eerst blazen hoor. Ze doet me voor wat blazen is. Soms noemt ze me Eetje. Omdat er E op mijn kamerdeur staat. Waar staat die E voor, wilde ze eens weten. Die staat voor Busken. Hoe héét je van voren? Het is toch veel gezelliger als jij Mieneke tegen mij zegt en ik Ernest of Eduard of Evert of Egidius of Ewald of hoe heet je precies tegen jou. Daar keek ik haar zwijgend bij aan en toen naar iets anders. Met wie niet weet hoe ik voluit heet en dus niet weet wie ik ben als heer van onderscheiding met al mijn uitgelezen kennis en schoonheidsdaden acht ik gemeenzaamheid misplaatst en conversatie ongewenst en nutteloos, spijt me wel. Enfin, jij hoort niks, ging ze door. Jammer hoor, je bent zo'n aardig persoon. Ben ik niet. Wie aan mij komt krijgt een elektrische opdonder. Hij had van die ruwe eeltig geschilferde handen, Wim, hè, herneemt Mieneke Kalckbrander haar onderwerp.

Net schuurpapier. Van al dat timmeren en sjouwen en bezig zijn altijd wanneer en waar je hem ook ziet, zag. Hierbij kijkt ze in de palmen van haar eigen handen en klapt ze ze tegen elkaar om er kruimels uit te verwijderen. Dit herhaalt ze, want de take moet over, herhaalt ze nog eens, en weer opnieuw, op verzoek, zeg maar bevel, van de director, wat ze hoort door zuignappen over haar oren, het is nooit in één keer goed. Ze is zo gek als een priktol. Ik neem het allemaal scherp waar al is dat niet aan me te zien. Zo komt er nu een bevederde cliënt de huiskamer binnen, tors, rug, armen, benen beplakt met kroezelige begroeiing, ongekleed maar met een handdoek rond de lenden. Daar hebben we Jurgen, zegt Mieneke Kalckbrander, die iedereen kent, in tegenstelling tot mij, ik ken geen der individusels in dit oord van horror, behalve Mieneke Kalckbrander min of meer. Ha Jurgen. Ga je zwemmen? Vertrouwelijk tegen mij: Die heeft ze niet allemaal meer. Met een luchtgebaartje van haar befaamde hand bij haar voorhoofd. Als je die toch niet eet, mag ik hem dan, vind je wel goed toch? Ze is al bezig mijn sprits te verbrokkelen. Drink je je thee niet? Muntthee, probeer maar eens. Wel eerst blazen. Niet Sjoerd, een andere cipier voert het Jurgenpersonage af. Personeelsleden ken ik wel allemaal bij naam, maar hoe deze heet ben ik even kwijt. Ik vergeet soms dingen, bijvoorbeeld namen, sedert ik zo moeilijk loop. En van boektitels, ook van die ikzelf in de loop van mijn lange welbestede en bewogen leven het licht mocht geven, literaire zowel als beschouwelijke en wetenschappelijke. De heropstanding van Goethe werd ik genoemd. Hoe heet mijn dochter als ik een dochter heb? Hoe heet ikzelf ook weer? Niet zeggen, ik moet er zelf zien op te komen. Van de Jurgen hetende grijsaard valt de handdoek op zijn voeten. De zorgkundige raapt de schaamlap op en bekleedt het spieringonderdeel en de platte achterkant van de verwarde man er weer mee. Ik zie het, al wil ik niet zien waar ik ben. Mieneke Kalckbrander met spritskorrels aan haar lippen tegen mij: Finaal het noorden kwijt, poor Jurgen. Zij is het, evenals natuurlijk alle anderen, gretig blijven volgen in het rumoer van stemmen en smaadgelach dat is opgelaaid als een brandje. Zie het daar bijeen, het circusgedierte zonder kompas of benul van hoe men na enige verdieping in de materie met behulp van een sextant uit de stand der sterren kan afleiden waar het noorden is en men zich bevindt en hoe laat het is. Naamloze schimmen. Hoewel. Behalve Mieneke Kalckbrander ken ik ook Wolff bij naam, de beruchte viezerik, die ik verderop met zijn sprits de damp van de vleermuizenpis zie waaieren, ja de lekkernij er zelfs in dopend met zijn walgelijke voeltastgrijpgrabbelhuisdoktershandjes van plakkerig boetseerklei waarmee hij men moet er niet aan denken. Zijn kop in de krant zonder zwarte strook over zijn ogen. Ongeoorloofd zonder wederzijdse instemming. Herhaalde malen. Slachtoffers getuigen. Daar weet ik zijn naam van. Probeer eerst zelf maar honderd te worden. Met die hoed. Zie ze daar bijeen. Als ze niet kakelen, tegen anderen, tegen zichzelf, louter wartaal, staren ze voor zich uit, al dan niet het bovenlichaam wiegelend, de handen dikwijls onrustig, frutselend, trommelend, nu en dan steken ze ze boven hun hoofd in de lucht en blijven zo een poos zitten. En ik bevind me ertussen en zie het aan, gedwongen om het aan te zien. Ik noteer alles oplettend met secuur besef van het noorden en de andere continenten, en van de sterren en mijn horoscoop. Ik ben een stier, dus goedhartig en trouw en geniaal. Aan een belendende tafel wordt de doos dominostenen leeggestort. Eerst leggen ze alle blokjes met de ogen naar beneden. Dan husselen ze de blokjes door elkaar en ieder pakt er een. Wie heeft het hoogst? Ik, ik heb zes en vijf, ik mag dus beginnen. Jij bent gisteren al begonnen. Vandaag begin ik dus ook. Maar ik heb gisteren gewonnen, dus mag ik beginnen. Zo zijn de regels niet, wie het hoogst heeft mag beginnen. Alles blauw waargenomen. Staalblauw. Ook blauw van geluid. Mieneke Kalckbrander is van de tafel opgestaan en weggeschuifeld. Ik drenk me met het inmiddels tot laffe lauwheid afgekoelde muntwater. De vrouw die nu tegenover me komt zitten plaatst een met ronde kogelgaten doorboord rekje tussen haar en mij in en kantelt ook een doos om. Wij gaan ook iets leuks doen, zegt ze. Daar heb jij zin in, dat zie ik al de hele dag aan je. Uit de doos komen tot torentjes opgetaste schijven tevoorschijn, blijkbaar tweekleurig. Jij rood, ik groen. Is die vrouw misschien mijn dochter? Die heet Selma. Ik herinner me deze vrouw aan mijn overkant niet, wel de jurk met de lachgezichtjes waarmee haar skelet is omhangen en de bijna losse knoop aan een fragiel garentje opzij van het gewaad, en haar stemklank. Ze schuift torentjes naar me toe zoals dit aan goktafels in casino's wordt gedaan, fiches die je inzet, kwijtraakt, maar ook verdubbeld, soms aanzienlijk vermeerderd, kan zien terugkeren, wat mij drie opeenvolgende nachten in Wiesbaden mocht overkomen. Schatschaterrijk was ik, omringd door geparfumeerd jeugdig vrouwvolk en jongelingschap, we spoelden het toilet door met champagne. Het is de bedoeling om met de mij toegeschoven schijven, kennelijk rode dus, ononderbroken lijnen van vier stuks in het raamwerk te vormen, naast elkaar, boven elkaar, diagonaal mag ook. De vrouw, haarknot in haar nek, pas op, dalijk verlies je dat kammetje ook nog, probeert hetzelfde te doen met haar groene damstenen, mij verhinderend lijnen te maken, wat ik word verondersteld ook haar te verhinderen. Begrijp je? Mij stoort zozeer niet dat ze me daartoe onuitgenodigd tutoyeert, wel dat ze er klaarblijkelijk van uitgaat dat ik even geschift ben als zijzelf en de rest der hier vergaderden, terwijl ik algemeen bekendsta om mijn strategisch wiskundig intellect. Je moet ze hier boven door de spleetjes laten vallen. Je moet niet naar mij kijken maar naar waar ik wijs. Iemand aan de dominotafel brengt in het midden: Hij hoort je niet, Mieneke, hij is zo doof als een mol. Taalkundig onderlegd zijnde, weet ik dat de uitdrukking luidt doof als een kwartel, Coturnix coturnix, een heel ander dier, het ene onderwoelt biljartstrakke gazons in het donker, het andere doorklieft de lichtdoorstraalde hemelzalen en is helemaal niet doof. Wie heeft er nu verstand van. Hij is niet doof, repliceert Mieneke Kalckbrander, handen close-up in haar nek om knot en kammetje in orde te brengen, ze moet uit mijn daarop gevestigde blik hebben begrepen dat daar de constructie dreigde te vervallen. Hij is alleen erg verstrooid soms, dan zijn er dingen en stemmen en muziek en zo in zijn hoofd, waar hij aandachtiger naar luistert hè. Ik ken hem heel goed. En hij lult je de oren van je kop, zegt domino, die met een klap, waar ik van opveer, een dwarsbalk in de zwarte spoorlijn plaatst. Hij zegt niks omdat hij nadenkt, hij concentreert zich op zijn diepwijze ingevingen, zegt Mieneke Kalckbrander. Tegen mij: Begin jij maar. Ik hunker naar alcohol, naar witte drank uit ijskoude flessen, de genotshuivering tussen de schouderbladen bij de eerste slok, het oplaaiend geluksbesef bij het volgende glas, de vrijheidsroes in het hoofd na het zoveelste, de daarbij gevoerde gedachtenuitwisselingen met een intieme geestverwant, godkristes wat een gelul kon Babet er het hare aan bijdragen als ze erbij zat, of naar het in eenzaamheid schrijven tijdens dronkenschap aan de eettafel onder de lamp, in het wilde weg, aangepookt door eigen briljantie qua ideeën en zegging. Het is mij hier ontnomen en verboden in het kader der ontkikkering, maar de heimweeën en verlangens ernaar blijven kwaken. De ene dag bottelthee, de dag daarop munt en de dag daarna nog andere hete vloeistof met het aroma en de smaak van kamfer die nog uren aan de papillen blijft plakken. Ach die fles, deftig symmetrisch precies in tweeën. Nu zou ik me op de vloer werpen om het godennat van de tegels op te slurpen. Haal me hier toch weg. Ik begin niet aan dit voor personen van mijn leeftijd en met mijn ontwikkeling al te onnozele tijdverblijf voor kinderen, eigendom van activiteitentherapie staat op de naar mij toegekeerde zijkant van de doos, want ik ben niet kinds, nog afgezien van de omstandigheid dat mijn handen zo beven dat ik niet eens hoef te proberen een schijf door enige spleet te prutsen. Okee, dan begin ik, zegt Mieneke Kalckbrander. Haar blauwe schijf valt langs de kogelgaten naar de bodem van het rekje. Nu jij. Omdat ik mijn vingers in elkaar knijp om mijn handen in bedwang te houden en verder niet beweeg, ook mijn ogen niet, zegt ze opnieuw okee, gevolgd door: Dan doe ik of ik jij ben hè, zeg jij maar waar jij hem zou laten vallen, hier maar om mij onmiddellijk te bombarderen? De blauwe schijf die ze van de mij toebedeelde stapeltjes neemt, let op de beweging van haar hand, afgekeken van Anna Pavlova in de stervende zwaan, ploft op de eender blauwe schijf die zij als eerste heeft gelanceerd. Het neerkomen van de houten rondjes op de bodem of boven op elkaar gaat gepaard met droge tikken, als van een vogelbek op steen. Mieneke Kalckbrander: Dan doe ik dit. Tik. Dan denk jij o ja? Dan doe ik om jou dwars te bomen dit. Tik. Dan ik weer, ik heb jou door, mister. Tik. Blauw op of naast blauw, er ontstaat een muurtje achter de kogelgaten, Mieneke Kalckbrander klapt er blij bij in haar voor veel geld verzekerde handen. Domino komt er weer tussen: Gaat ie lekker zo, tante? Je kan zo'n potje ook doen met een blok hout. Win je ook altijd van. Goed bezig! Haal mij toch weg van hier. Verderop klinkt geschreeuw en ander lawaai, ha, een handgemeen, daar kom ik met mijn mes, dat nu goed van pas komt. Iemand die achter hem langs liep, heeft Wolff de hoed van het hoofd gemept en met een zwaai door de lokaliteit laten zeilen. Het chique hoofddeksel wordt van hand naar hand gegooid of over de vloer van voet naar voet geschopt en Wolff, links en rechts dreunen uitdelend, rent er schreeuwend achteraan, schuim op zijn slagtanden, de vetlel. Dit epitheton herinner ik me van Babet. Alles blauw. Blauwe keet. Iedereen, ik niet, roepend, joelend, deelnemend aan de door mij zwijgend maar met brede inwendige vreugde geobserveerde opschudding, personen en gebeurtenissen blauw weergegeven als door Picasso in zijn Parijse jaren. Die hoed, vertelde Babet, die houdt dokter Wolff op tijdens zijn spreekuur. Witte stofjas als een behanger, luisterslang om zijn nek, en die hoed. Kleedt u zich van onder maar uit mevrouwtje. Mevrouwtje! Ik kwam alleen voor een nieuw recept vanwege jeuk en droogte. Lag ik daar op die tafel, benen omhoog, voor hem te kijk. Begon hij met plastic handschoentjes en die hoed aan me nou jááá, met zo'n snorkeltje in zijn adem opeens en hij deed er zijn badjas bij open, de vetlel, en ik ik ik nou jááá! De verfomfaaiende borsalino landt met een plof op het schijvenspel tussen Mieneke Kalckbrander en mij en werpt het omver met de lege theebekers waaruit toch nog wat dun restvocht is achtergebleven dat tevoorschijn druipt. Daar glijdt de hoofdbedekking als een slee doorheen terwijl de schijven met xylofonerige tikken tegen de vloer ratelen. Dat hoor ik nauwkeurig in het luidruchtige stemmengedruis van de om mij heen rennende marginalen en het overige lawaai van omvallende stoelen, verschuivende tafels, op elkaar botsende rollators, de machteloze kalmtemaningen van Sjoerd en twee andere gekkenbedwingers die zijn komen aansnellen, hun namen ontschieten me in de commotie. Fienie, rondgaande om de bekers en schoteltjes in een meubel op wieltjes te verzamelen, wordt met meubel en al tegen het raam gedrukt, waar een namaakplant over haar schouder kantelt, gilt boven alles uit als in Götterdämmerung, derde bedrijf. Diezelfde dominoër roept nog maar eens Goed bezig! Ik geniet. Chaos, prachtige chaos. En nu ik er zo over zit na te denken: het woord muntthee is samengesteld uit twee woorden van alle twee vier letters, zoals in het rekje vier fiches in een rechte rij dienen te worden gerangschikt, een merkwaardige coïncidentie. Moet ik niet vergeten zodadelijk te noteren. Gelukkig vergeet ik nooit iets. Vandaar dat mijn brein zo vol is. Er zou door een kraantje nu en dan iets overbodigs uit moeten wegstromen, maar wat is overbodig in een zo machtig brein als het mijne. De medicus stort zich over het tafelblad, waar Mieneke Kalckbrander de dure hoed met beide handen heeft gevangen als een langsrennend dier dat haar spelletje ondersteboven heeft gerausd. Geef hier, hijgt Wolff in zijn dure kleren, zijn dure schoenen, zijn resthaar sliertgewijs onordelijk, een speekselsproeiing voor zijn gezicht, ieder vervliegend druppeltje afzonderlijk afgetekend in de binnenvallende blauwe zon, en grist zijn eigendom naar zich toe. Alstublieft, meneer Olfsen. Olfsen? Ik hoor haar deze naam sarcastisch beleefd uitspreken. En nog eens uitspreken tegen mij en enige omstanders, evenals ik teleurgesteld omdat het spektakel voorbij is als hij met zijn hoed, vier letters, de theesalon heeft verlaten, de hoed ontdeukend, met de mouw van zijn colbert ontstoffend. Jaja, zegt ze, notaris Olfsen, of makelaar, wat is hij, iets met onroerend goed, whatever, en zijn hoed dat is als djiezes kraaist en zijn bamboe kroon met stekels hè. Die houdt hij op in bed en als hij zit te poepen. Olfsen? Aan mij mankeert evident niets, geen schroefje los aan mij, alle vier nog fier op een rij in het gelid en zonder het noorden kwijt te zijn, dat weet ik met stellige zekerheid, al beginnen er mistflarden door mijn denkgebied te trekken, als bij zich aandienende dronkenschap, zo'n gevoel. Zoals ik heb gezien dat de hoed uit Mieneke Kalckbranders handen werd gerukt door een klauw met grijpnagels van een voorhistorisch, waarschijnlijk paleolithisch diergedrocht, deels vogel, deels aapachtig, deels cactus, zo zie ik nu dat aan Mieneke Kalckbranders voorhoofd een gedraaide, in een spitse potloodpunt uitlopende hoorn ontspringt. Als cryptozoöloog, ik was omstreden maar genoot wereldfaam, heb ik in de wildernissen van Zuidoost-Nieuw-Guinea een paardwezen met dergelijk hoofduitsteeksel, een vrouwelijk exemplaar, in een door mijzelf ontworpen constructie van ijzeren netten weten te strikken met ik zal maar welwillend zeggen assistentie, tussen aanhalingstekens dan, van primitieve inboorlingen, te dom om te helpen donderen. Het ging tekeer als een woedende orkaan, brak los, ging er briesend, balkend, fluitend door haar neusgaten vandoor op haar roffelende damesbenen, maar ik kon haar vastleggen op een foto, die in mijn boek is afgedrukt, die witte contourvlek tussen de bomen op de achtergrond, dat is ze. Mistflarden van meerdere verbazingen tegelijk. Olfsen en niet Wolff? Ik vergeet soms een naam, ik dien dit als een ruiter te erkennen, maar niet dat ik namen en gezichten onderling verwissel. Verstrooid, ik? Mijn vele gedachten houd ik strak geordend om er niet in te verdwalen, anders word ik dement en kan ik niet meer over mijn eigen geld beschikken. Wat voor dag is het? Een andere dag dan anders. Ik voel het aan de onrust, die ook mij, de stoïcijnse onverstoorbaarheid in persoon, lijkt te infecteren. Wat doe ik hier toch? En waarom doe ik niets. Wat ik doe, maar dat is geen handeling, is bewegingloos staren. Voor me uit. Nu Mieneke Kalckbrander opeens opnieuw niet meer tegenover me zit door het raam naar de lucht, niet meer zo zonnig blauw intussen en met buitelende wolken alsof ook daar en in de boomtoppen onrust blaast als over hete thee. Makelaar of whatever in plaats van huisdokter en zedendelinquent. Mieneke Kalckbrander bevindt zich onder de tafel om schijven bijeen te zamelen en op te rapen. Steeds haar porseleinen hand boven de tafelrand om daar tot torentjes gestapelde munten op te deponeren. Goed bezig. Even later, dit is nu, zit ze toch weer tegenover me en voor mijn uitzicht, het gatenrek en de roulettefiches opgeborgen, maar met iets anders bij zich om met twee personen mee bezig te zijn om het nu en het niets te stofferen. Eigendom van de activiteitentherapie. Twee plankjes waarvan ze me het ene toeschuift. Dit is niet zo moeilijk voor je met je bibberatie. Ik stel vast dat ze dit tegen mij zegt. Hier heb je maar een vinger voor nodig. Op het plankje dienen portretjes overeind te worden gezet. Kijk, zo. Ze doet het me op haar plankje voor en zet dan omdat ik me niet verroer ook op het mij toebedeelde plankje de gezichtjes recht, die voor de speler, niet voor de tegenspeler, zichtbaar zijn. Dan neem jij een van die poppetjes in gedachten hè en dan moet ik raden welk en jij bij mij omstebeurt. Vraag ik aan jou is het een vrouw. Als het geen vrouw is kieper ik op mijn bordje alle vrouwen om. Dan is het dus een man en vraag ik bijvoorbeeld heeft hij een snor. Ja, een snor, dan laat ik de snorren staan en alle geensnorren doe ik weg. Snap je. Vraag jij aan mij draagt hij of zij een bril. Nee, geen bril dan tik je met je vinger alle brillen foetsie. Totdat. Dit spel heet Wie ben ik. Moet je hem vragen, mengt domino zich er weer doorheen. Die weet van zijn eigen niet meer wat zijn voor- of achterkant is, die kerel is zo gekreukeld als een achterdeur. Mieneke Kalckbrander, rondom wier hoorn ijle cirkeltjes als van dunne rook op en neer gaan: Kijk jij maar naar de kreukels in je eigen deur, debiele mongool. En meneer Busken is meneer Busken voor jou en niet die kerel. Bemoei jij je maar met waar jij mee bezig bent met je vriendjes en vriendinnetjes, botte imbeciel. Moet je zien hoe hij zijn handen zit te bewegen, brengt domino te berde als Mieneke Kalckbrander het hare aan behartigenswaardigs heeft gezegd, hoezeer ik haar kenschetsingen van haar opponent ook afkeur, ikzelf zou dergelijke terminologie nooit bezigen. Of hij met twee messen om zich heen zit te hakken, hoor ik iemand anders, elders, een vrouw, de vorige spreker bijtreden. Dat is die zure augurk met het tot een bol geboetseerde kussen onder haar oksel dat ze loopt te aaien als haar poesjemedotje. Daar is mallebabbe ook met haar dooie otter. Mieneke Kalckbrander springt opnieuw voor mij in de bres, al is dat niet nodig, ik weet mijn eigen dopjes wel te bonen, door te verduidelijken: Hij slaat de maat, mens, zie je dat niet. Hij dirigeert muziek die hij in zijn inwendig hoort. Beethoven haha, schettert domino. Hoempapa hatsjee de platte boender tierelier fiedelfiedel boemtara. Hij doet koddig of hij over vioolsnaren strijkt, met bolle wangen in een fagot tuba klarinet blaast, pannendeksels tegen elkaar slaat. Iemand in het narrenschip doet pompompom pôôôm. De audioloog knijpt zijn speelgoedje Sara in haar satijnen halsje, niets te zien op het scherm? Ik bedoelde natuurlijk boontjes te doppen. Mieneke Kalckbrander blijft door dit alles heen volharden: Daarom hoort hij niet wat er om hem heen gebeurt en zegt hij niks. Dat zie je aan zijn ogen, die staren naar binnen hè, naar wat hij daar ziet en peinst en zich herinnert en voorstelt en zo. Weet je wie er dood is. Wim Turfkruyer. Die zei ook nooit veel maar was altijd hartelijk ook altijd. Ik kende hem heel goed. Met zijn kruiwagen altijd en schoffel en thermoskan. Alles wat er groeit en bloeit hè. Ga je weg, Ee? Daar maak ik inderdaad aanstalten toe, scheef op de stoel mijn bevende hand al uitgestoken naar de rollator, die al van me wegglijdt als ik hem amper heb aangeraakt. Dat ken ik van die krengen. Hoeveel brieven en telefoongesprekken ik hierover al niet met de fabrikanten dezer toestellen heb gewisseld en gevoerd, in het Nederlands, het Engels, het Duits, het Frans, het Spaans, het Swahili, dat aantal loopt in de dozijnen, steeds correctbeleefdzakelijkinstructief van toon en uitleg en steeds ook met verwijzing naar mijn kennis ter zake, stoelende op mijn inzichten als projectontwikkelaar en industrieel ingenieur. Ik heb ontwerpschetsen en werktekeningen gereedliggen en octrooien aangevraagd. Er moet een doeltreffender remsysteem aan het looptuig worden aangebracht, behalve handremmen om het ding tot staan te brengen als men tijdens het wandelen een ogenblik wil rusten om te ademen, zou er een rem op moeten komen die het apparaat onbeweeglijk maakt en houdt als het niet wordt gebruikt. Hoe bedoelt u, meneer. Nou, dat als de loopmobiel stilstaat het niet kan voortschuiven en gaat rollen als dat niet de bedoeling is, dat het op die rem blijft staan in automatische parkeerstand zoals een rolstoel als de wielen zijn geblokkeerd, begrijpt u, dat kan met een eenvoudig hendeltje of hefboompje of knopje of scharniertje. Wij sturen u graag onze brochure toe, meneer. Met de koude fles van de ijskast op weg naar de woonkamer stootte ik in de gang tegen de rollator, die ik na de boodschappen daar had geparkeerd, ik bezeerde mijn knie tegen het ijzer, gelukkig had ik de fles stevig beet. Bij deze confrontatie schokte het wielding uit zichzelf van stilstand in beweging, beschreef een halve bocht om mij heen, kwam met de voorkant naar achter tegen mijn zitveld en knieholten terecht, de handvatten links en rechts van mijn bekken, alsof ik achterlangs door een dier werd gegrepen en omvat. Ik weet zeker dat ik de fles toen nog krachtig omklemd hield, door het ijsvlies uit het vriesvak plakte die tegen mijn vingers, maar ik maakte een onverhoedse reflexbeweging, ik kwam met een bons op het plankje tussen de grijpsteunen terecht, ik hoor de wielen nog kreunen onder het plotse gewicht, en daar ging de fles, ik hoor ook de smartelijke breuk nog, krak, het looptuig schoot onderachter me weg en wierp me ruggelings met mijn achterhoofd tegen de tegels, wederom krak. Nu boldert de handkar de gemeenschapsruimte in voordat ik een der handgrepen goed heb kunnen vastpakken. In de ijlte graaiend verlies ik mijn evenwicht en rechterslof en stort ik alweer door zo'n ding, nu voorwaarts, op mijn schouder dit keer, langs een tafelpoot ter aarde. Zo'n kreng moet onbeweeglijk geblokkeerd blijven staan als er niet mee wordt gelopen. Ik zal er in de Tweede Kamer een debat over aangaan. Het fluitje van Nico Morton schiet uit het borstzakje van mijn overhemd, stuitert kinkelend van me weg en nog terwijl ik val is er opeens stilte zoals ik hier nooit eerder stilte heb gehoord. Een stiltedraad die aan de binnenzijde van mijn hoofd traag van oor naar oor beweegt alsof hij aan de ene, dan aan de andere kant om spoelen wordt gewikkeld en weer terugschuift. Virtueel zichtbare stilte dus, alleen door mij gezien, achter mijn gesloten ogen, gedurende een te kort aantal seconden. Als ik mijn ogen weer open lig ik naar de onderkant van het tafelblad te staren en naar de onderbroekdirectoire met pijpen van Mieneke Kalckbrander, die zich in de schemerdiepte tussen haar gespreide knieën vertoont. Het blijft stil, in deze zin dat eenieder zwijgt en er geen ander gemeenschapsgerucht klinkt, maar het is een stilte waaraan hoor- en zelfs voelbaar is dat ze voorafgaat aan iets wat op het punt staat te gebeuren. Als ik overeind wil komen botst mijn kruin tegen het hout vlak boven me, op het tafelblad rommelt en verschuift iets, maar evenals de stoot van mijn hoofd laat het de stilte onverlet, de stiltedraad breekt niet en trilt niet eens. Zo stil dat het lijkt of ik opeens ook nog doof ben. Ik leg me weer languit neer, op mijn getergde rug, handen in elkaar gehaakt als in gebed op mijn maag, in deze positie kan ik zo in de kist worden geheveld, op mijn oogleden drukt lood, eerst heb ik nog geregistreerd dat al het blauw is veranderd in grauwte en toen in niets.

Stem. Spreekt. Niet tot mij in het bijzonder, vanuit een ergens waar ik niet ben, al ben ik er wel, gemetamorfoseerd zoals in de boeken van Ovidius. In mijn stilte dringen fragmenten van wat spreekt tot mij door. Gemerkt dit bijzondere dag is, beste mensen. Ons verblijfshuis Madeleine vijftien jaar bestaat en. Gejuich en handgeklap. Wat stinkt het opeens. Vieren wij. Zag u al op het mededelingenbord. Barberkjoe. In onze mooie tuin. Stralend weer. Hopen zo blijft. Wat spreekt is opperbaas Richard uit te spreken als Risjaar. Afwezig aanwezig herken ik zijn stem, opnieuw verdwijnend in vreugdegebrul en geroffel op tafels. Opgetogenheid in het skunksverblijf. Ik ben het zelf die zo stinkt. Bij mijn neerstorting, ik besefte het nog, ontsnapte het me. De lichaamsuitgangen eerst met pleisterspecie, kit, plakband, isolatieschuim dichtstoppen voor het allemaal met de verdere rest in de kist wordt gestopt, opdat buiten de kist, ook al is die dichtgespijkerd, geen aromen de nabestaanden als die er zijn, misschien mijn dochter, al komt me dat onwaarschijnlijk voor, en mogelijk nog andere aanwezigen, ik zou niet weten wie, Herman in geen weken meer gezien, Babet is hier nooit geweest, nog kunnen bereiken. Het zou door dezulken als onaangenaam kunnen worden ervaren. Het geschiedt niet hier maar in de kelder van het Medisch Centrum door die in schemerwit gehulde dracula, eerst met de lift daarheen omlaag, dan getrampolineerd, moet zijn: getamponeerd, in een krat met de lift weer omhoog, langs mevrouw Holkema door de achterdeur naar buiten en met de jeep van Charon door de poort het terrein af. Vertel het de bijen en de vlinders. En de torren en de wormen. To know him was to love him. Om met Prediker te spreken: Alles heeft zijn tijd en zijn uur. Ainsi tu es. Wat tot me doordringt is spettergeel krekelgeschreeuw, het snerpgeluid van het uit mijn overhemd ontsnapte blikken fluitje, waar een klant van deze geschiftenwinkel op af is gedoken en morseseinen op loopt te blazen. Een menigte van stemmen, daar geluiden doorheen, handgeklap, gebonk, dat fluitje. Daar zit een erwt in, die door krachtige adem tegen het blik wordt gejaagd en zo dat indringende scheidsrechtersgetjirp veroorzaakt, in G grote terts. Verschuivende continenten. Het noorden. Zonder noorden komt niemand thuis. Gewemel van kleuren. Ik ben op een schip. Mijn nerveuze moeder is daar ook. En die Indische man. Die heette Suwarsi Pudjojono. Altijd sterk geweest in namen onthouden. Meneer Busken, hebt u zich bezeerd? Meneer Busken? Een in gewoon wit gedoste gestalte, op een knie bij mij neergezegen. Die komt mijn uitgangen dichtplamuren en afbinden. Een andere witfiguur staat in mijn richting gebogen met mijn schoen in een der handen. Als je er geen hoofd bij ziet is niet vast te stellen wat vrouw, wat man is. Doet er in dit dooreengemengelde gendertijdsgewricht ook niet meer toe. Hij is gevallen. Dit hoor ik Mieneke Kalckbrander tetteren in het carnavalsgedoe en -gedaver dat in het dierenasiel is losgebroken. Gelukkig is Mieneke Kalckbrander er om dingen te verhelderen. Kunt u opstaan, meneer Busken? Kunt u overeind komen? Die op zijn ene knie als een herder in de kerststal, degene die mij toespreekt, gaat staan en haakt zijn handen in mijn oksels. Voorzichtig, Karel, hij is toch al zo gammel. Mieneke Kalckbrander weer. De zorgkundige Karel dus, een mannelijk persoon derhalve. Man of vrouw is dikwijls, niet altijd, af te leiden uit de voornaam. Onder de tafel uit getrokken kom ik tot zitten, vervolgens met Karels takelkracht tot staan, nu ja staan, op benen van nat karton, knieën tegen elkaar geklapt, voeten in ganzenstand. De mens is een met rede toegerust wezen, voorbestemd om de zeden in stand te houden. Dit dacht ik gisteren of eergisteren of daarjuist of wanneer om met dit axioma mijn oratie voor het filosofencolloquium aan te vangen. Met zo'n begin kan je alle, maar dan ook letterlijk alle kanten op. Hij stinkt naar stront! Hij heb in zijn broek gescheten! klinkt het hier, klinkt het daar. In correct Nederlands moet het hij heeft zijn, de vulgaire rioolwoorden nog daargelaten. Kunt u lopen? Ik houd u vast. Karel omklemt mij met zijn sterke armen. Wacht, zijn schoen. Die andere witbroek is Suzan, een vrouwtjesgibbon, het haar in een gevlochten staart, waar iedereen, ik niet, altijd aan trekt, vandaag heeft ze hem over haar hoofd heen geschikt, het uiteinde als een flosj bij haar oor. Ze buigt gedienstig voor me, ik ruik zelf hoe ik ruik, en zet de instapper voor me neer. U moet uw voeten naar voren zetten. U hebt twee andere sokken aan, verschillende, staat eigenlijk wel vrolijk. Aan haar kant perst ze haar onderarm in de zweetholte onder mijn bovenarm. Voorzichtig maar. We brengen u naar uw kamer. Naar voren die voeten. Ademen door uw neus. U hijgt zo. Hebt u pijn? Hebt in plaats van heeft is ook correct. Door de zool van de slof die aan mijn voet was gebleven drukt iets wat eronder blijft plakken en een schraapgeluidje over de vloer maakt, ik hoor het met mijn voet tot boven de enkel. Het is de knoop van Mieneke Kalckbranders zijkant. Ook Karel buigt zich voor me neer, raapt hem op en legt hem op de Wiebeniktafel. In mijn binnenhoofd is weer die draad van allerdiepste stilte, alle audiologenschermen ter wereld slaan op tilt, meteen verdwijnt ook het zicht. Een wit zenit, stralender wit dan ooit wit heeft bestaan, daar ben ik opeens, maar zonder ik-besef, en terwijl

… hebben de latexvrouwen zich toch met mijn paperassen en schrijftuig bemoeid. De drie lange papierstroken, links en rechts van de tafel afhangend als lakens voor het laatste avondmaal, hebben ze tot mijn verontrusting achteloos op elkaar gelegd en samen als een harmonica in elkaar gekreukt, wijl ik op alle drie afzonderlijk simultaan bezig ben. Op de ene ontstaat een wereldfilosofisch werk met schema's en over de duizend voetnoten, op de tweede ontvouwen zich mijn gedenkschriften waarvoor ik de titel Excellentissimo overweeg, met deze titel verwelkomde mij de rector magnificus van de universiteit van Bogota, en op de derde noteer ik invallen uit de onbegrensde rijkdom van mijn gedachten. Alles in code met letters en tekens naar eigen ontwerp, alleen begrijpbaar voor mijzelf, daar niemand anders er kennis van neme, want vooral strook twee en drie zijn hoogst particulier van aard. Voor filosofie gebruik ik meerdere kleurpotloden ten dienste van de overzichtelijkheid, voor mijn memoires alleen het rode, waar steeds de punt van afbreekt, zodat het door voortdurend aanslijpen steeds korter wordt, al is opeens mijn puntenslijper verdwenen. Die zag ik terug op het bureau van chiater Teurlings. Neenee, meneer Busken, dat is heus mijn slijpertje hoor, wilt u het laten liggen alstublieft. Ik zag het ding, het slijpertje, wel degelijk mijn eigendom, blinkeren in zijn verduisterde kijkglazen. Voor mijn ideeën reserveer ik zwart, vroeger, thuis, met inkt en vulpen, hier hebben ze me de inkt afgenomen nadat het nog voor viervijfde gevulde flesje, niet door mij maar door een onbekende indringer, ze zijn hier allemaal zo geschift als zure melk, is omgestoten of moedwillig leeggegoten, de zwarte kladden tekenden zich tot in de gordijnen af als vinger- of voetafdrukken van nijdige spoken. Herman, lang niet meer gezien, bezorgde me zwarte schrijfstiften, maar het schriftbeeld daarvan is mijns bedunkens te vulgair voor de noblesse van mijn overwegingen. Hoe krijg ik al dat papier zonder het te scheuren of nog anders te mishandelen nu weer ontvouwd en terug in de juiste gelederen. Een oogopslag volstaat om de toestand in me op te nemen, ik reageer erop met verhevigd beven of er kille wind door me heen giert en uit het diepst van mijn ingewand stijgt woedend gegrom naar mijn luchtpijp, waarvoor ik over onvoldoende adem beschik, er druipt heet vocht uit mijn neus en ogen, in mijn luier perst ontlasting zich naar buiten. Waarheen met mijn drift. En met mijn schaamte. Mijn machteloosheid. Mijn overgeleverdheid. Kalm, meneer Busken, kalmpjes aan maar, rustig, rustig, niet hyperventileren, u moet u niet opwinden, alles is okeliedokelie. Wie mij aldus toespreekt is een mij overeind houdende jonge volwassen man in witte kledij met overal zakken die ik ergens van ken, maar ik vergeet veel tegenwoordig vanaf dat ik niet meer drink. Minder en zelfs niet meer roken is al even funest voor het geheugen. Vroeger onthield ik altijd alles. Ik ben Karel weet u wel. U kijkt zo verbaasd en kwaad naar me. Karel? Ten mijnent geen Karel bekend. Wat loopt u nu te grommelen en te snotteren en te hijgen. Rustig in door uw neus, uit door uw mond. Loopt u nu te huilen? Nee toch? Doe ik iets niet goed? We gaan ons wassen, meneer Busken, ons wassen jaja ons wassen. Er is toch niets om te huilen? Dat zegt hij, deze Karelgenaamde. Wat weet hij ervan. Het staat allemaal in de tot chaos opgetaste papieren, al mijn verdrieten en grieven, mijn etterbuilen, eeltuitwassen, wratten, woorden en muziek op notenbalken, tekens, tekeningen, Grieks, Russisch, Georgisch, Hebreeuws in de onderscheiden alfabetten alsook Voltaren dat helpt tegen gewrichtspijnen en tussenteense jeuk, uitwendig gebruiken. Als ik uit al dit geschrevens nu nog maar mijn wijs word. Ze hebben het emmertje met potloden op de harmonica gezet, het maakt deel uit van mijn woede, het emmertje met de potloden moet dáár staan, rechtsboven de papierstroken en nergens anders, anders raak ik buiten mijn zekerheden, zo moet ook de puntenslijper opeens zijn kwijtgeraakt, alles dient een vaste plaats te hebben en te houden, dat is het gezondst voor het moreel en de metalen balans. Weliswaar vergeet ik de hele tijd weleens iets de laatste tijd, vroeger nooit, er is ook veel dat op zijn plaats is gebleven, dat ik niet ben vergeten en nog wel wel weet. Ze denken zeker dat ik dement ben. Metalen moet zijn mentale. Bijvoorbeeld mijn dochter. Die heette Alma. Vier letters. Ze zal wel zijn verscheurd door een ijsbeer met tanden als scherpgepunte messen, niet van plastic. Was ze mooi? Dan moet ze op mij hebben geleken. Alma Busken. Ikzelf heet E. Busken, dat staat op de deur als op het omslag van een boek. Hoewel me toesprekend met meneer, wat beleefd is en ik apprecieer, verstaat onderhavige Karel zich met mij alsof hij het tegen een kleuter van nietgoedsnikgehalte heeft. De kleren van me afpellend, de luier verwijderend, kakelt hij: Olala oeioei stinkiestankie, ongelukje, kan gebeuren, niet huilen meneer Busken, niks aan het handje hoor, lossen we meteen opperdepopperdehupsakeetje. Almaatje in de box met de telraamblokjes. Is dit een olifantje? Nee hè, dit is een vogeltje. Hoe doet het vogeltje. Hoe doet het vogelevoogje? Onder de douche, het water iets te warm, gaat het beven over en doorstroomt me enig welbehagen, maar mijn kwaadheid verdwijnt niet en mijn tranen blijven vallen, uit mijn haar op mijn rug. Met voorgezeepte wanten aan beide handen sopt Karel me van voor en achter af, van boven naar onder en ertussen. Ik houd me aan ijzeren stangen pal als het staande standbeeld van Rembrandt, dat door de gemeentereinigingsdienst wordt schoongespoten vanwege bezoek van de vorst van een Afrikaans land, nooit zwart en neger zeggen, aan het onze en ik sta langs de rijroute. Beatrix, naast de stroopwafelpiet in de koets, beweegt haar hand routineus verveeld naar het vulgus op de trottoirs, dahag dahag stom gajes, pauperes spiritu, mij wuift ze lachend een kushand toe en nog een. Hebben ze u vanochtend niet onder de douche gedaan, vraagt Karel. Verwarrenis. Hoe, wat bedoelt hij met vanochtend. Aangezien ik ongekleed onder waterstralen sta moet het nu immers ochtend zijn zoals iedere ochtend en is het halfzeven. Dit is het verfrissende stortbad na verkwikkende nachtrust, zo staat het in de kennismakingsfolder. En hebben ze u vanochtend ook niet geschoren? Schone kleren aan, niet meer twee verschillende sokken, opnieuw beluierd, zit ik voorover, gekrompen van gêne, op het neergelaten deksel van de wc-bril, ogen neerwaarts. Van links naar rechts, rechts naar links liggen vijftien en een half vloertegeltje. Aan het einde van de ene rij ligt het halve tegeltje links, aan het begin van de andere ligt het rechts, om en om. Van waar ik zit tot de muur tegenover me liggen zeventien hele. Alle tegeltjes wit. Het blijft belangrijk dit onophoudelijk te controleren, altijd opnieuw uit dwangmatige gewoonte de vloertegeltjes tellend als ik me, ellebogen op mijn knieën, op het toilet heb geplaatst. Ik ben gehecht aan zekerheid. Als ik die ook niet meer heb, zekerheid, alles op vaste plaatsen, vaste tijdstippen, ja wat dan, ik ben de laatste tijd toch al zo, toch al zo, omdat ze me onder bewindvoering hebben gesteld, het dwarrelt en stuift als blauwe sneeuw door mijn hersens, daarom adem ik zo moeizaam, praten gaat helemaal niet meer, de pijn in mijn rug, enigszins vertroost door de warme regen, is in volle hevigheid opnieuw aanwezig, ook dat is een ding dat zeker is. (Lacht dunnetjes.) Zit het dopje op de tandpasta? Een dopje zit niet, daar het niet tot zitten is toegerust, doch bevindt zich. Niet op tandpasta, echter wel op een tube, in deze gegevenheid gevuld met tandpasta. Tot het behoud van zekerheid behoort secuur formuleren, dat is een adagio waar ik me stringent aan houd. Tube: vier letters. Tand ook. En jazekerwel, het dopje is op de tube gedraaid, zoals ik het daar iedere ochtend na het wreed ontwaken aantref als zekerheid, die ik vervolgens altijd uit mijn vingers laat glippen, niet expres, bepaalde dingen overkomen mij onexpres, helemaal als ik, zoals nu, nog niet recht wakker ben. O moet um zijn, ik bedoelde adagium. Twiettiereliertjilptjilp doet het vogelevoogje. Ik wijs erbij naar het ietwat hoekigbochelig uitgevallen triplex vliegdier in het triplex lampje aan het plafond in het midden van de kinderkamer, toch maar mooi hoogstpersoonlijk door mijzelven gefiguurzaagd, ik zie me er nog aan bezig. Ziezohoo, zegt Karel, die ik, zulks verklaar ik onder ede, edelachtbare, nooit eerder heb gezien. U ziet er weer uit als op een schilderij. Wat wilt u, terug naar de mensen of hier in uw kamer blijven. Dan zet ik u in de rolstoel. Bij het raam? Dan zet ik u bij het raam. U vraagt, wij rijden u waarheen u wenst. Ware dit maar waar. Haal me hier toch weg. Bevrijd me toch. Buiten is te zien dat het zonlicht in strepen en blokken over het land beweegt. Er schuiven wolken voor, die ook weer verdwijnen, alsof daarboven grijzige gordijnen beurtelings worden gesloten en opengetrokken. Het waait in de lucht, wie buiten is moet het in de sparrentoppen kunnen horen, het onrustige licht lijkt het uitzicht te vervormen, de bijenkorven, het sloom grazende vee onder de boom, het paard een heel eind daarvandaan, zijn ene voorbeen steeds even opheffend uit het gras, soms raakt de zon een kort moment de wijzerklok in de verte, die dan oplicht of ze bloost en grijnst. Van dit idyllische uitzicht zullen we niet lang meer kunnen genieten. Karel plaatst deze woorden recht in mijn oor als hij zich vooroverbuigt om de riem rondom mijn romp vast te gespen. U zit zo te schokken met uw lichaam en onderdelen dat ik u dadelijk weer zie vallen, uit de stoel, als ik u niet vastmaak voor uw veiligheid. Zo doof als asfalt, hoor ik gelukkig niet wat hij nog meer aan onheil predikt: Van daar tot daar en vanaf waar dat paard staat wordt het allemaal beton om nog meer auto's kwijt te kunnen om te parkeren. Vanaf waar u nu zit achter dit raam zijn straks aan de andere kant van die klimopmuur alleen nog auto's te zien hier van bovenaf alleen maar autodaken gekleurd als paaseieren stilstaande of een plekkie zoekende rondrijdende paaseieren. Waar moet ik heen met mijn somberten. En er komt een helikopterhaven daarzo ergens voor heel dringende traumagevallen maar ook voor hoge bezoekers een minister of zo die ministermevrouw hoeheetze die over gezondheid gaat die kan je niet met haar paasei daarginds een plekkie laten zoeken die is belangrijk en komt dus per heliokoptario wiedewiedewietjanbom. Ik versta het allemaal luid en duidelijk maar gelukkig ben ik dement. Ze voeren me pillen, maar die helpen tegen niks. Ik draai uw stoel niet op slot dat is makkelijker voor u kunt u zelf de wielen bewegen als u ergens anders heen wil hebt u niemand nodig om u te duwen en kan u het zelf met uw handen en armen ik kom u straks scheren zit u prettig zo? Meneer Busken? Meneer Busken? Iedereen schreeuwt altijd zo tegen me. Er wapperen lappen donker zeildoek voor mijn gedachten, het waait daar van zon naar schaduw, alsof ik steeds een andere bril opheb, met witte glazen, met zwarte, al heb ik nooit een bril gedragen, het is bij wijze van spreken, ik ben onrustig, daar komt het van, dat gedwarrel van niks naar niks. Wolken aan het zwerk drijven onder het licht door in mijn richting, over mij heen. Een betonnen vlakte voor hefschroefinsecten gaan ze ervan maken. Er zijn geen zekerheden. Er komt oorlog ook wiedewiedewiet bombombom er blijft niets van de wereld over. Ik denk opeens aan Mondriaanbehang. Voordat ik bij de opperzielenzwabber Teurlings op audiëntie werd toegelaten, diende ik eerst enige keren een assistent van hem te passeren. Een kantoortje met Mondriaanbehang, dat me mijn opgeslotenheid nog bedrukkender deed beseffen. Niet de Mondriaankleuren maar de Mondriaanmotieven, dat was een schilder, Mondriaan, van ontvolkte stadswijken met elkaar kruisende straten, etages met holle kamers, naast en op elkaar gestapelde blokken soms door mij waargenomen als zwartblauw grauwblauw witblauw als de echte kleuren weer eens voor mijn ogen zijn verdampt, vier muren vol, die langzaam op me afkomen, zo benauwend dat ik het bij ieder bezoek gewaarword aan mijn steeds kortere adem, astma, COPD, wanhopig hijgen, paniekopstotingen omdat ik denk te stikken, ik ben al dikwijls bijna gestikt. Ik mocht hem wel, Piet Mondriaan, en hij mij ook wel, hoffelijk vriendschappelijk in onze omgang, over die liniaal- en winkelhaakkunst van hem zweeg ik maar en over zijn kleurengebruik, wel vrolijk maar mij toch te ongevarieerd, en zijnerzijds uitte hij geen commentaar op mijn vrouwelijke en mannelijke naakten in wulpse natuur. De jeugdige snaak die me in het kantoortje zit op te wachten vond het bij onze eerste ontmoeting niet nodig zich voor te stellen, verhief zich niet van zijn stoel om over zijn bureau heen zijn hand naar me uit te steken, die ik trouwens niet zou hebben vastgepakt, hij keek niet eens op. Gaat u zitten, meneer eh Busken. Het is meneer Busken toch? Meneer E. Busken ja, ik zie het hier staan. Ach u zit natuurlijk al, haha. Zit u liever op een gewone stoel in plaats van tussen twee wielen? Zoals u verkiest, meneer Busken. De snuiter heet trouwens Frederik Calvé, naar me in de wandelgangen, ik denk bij monde van Mieneke Kalckbrander, ter ore mocht komen, Mieneke Kalckbrander weet zulke dingen. Freddy van de koninklijke slaolie, zegt ze. Freddy Pindakaas. Ook hij bezit zo'n toetsenharmonium met in het rechtop te zetten deksel de lichtgevende appel waar een hap uit is gebeten. Wij gaan een paar gesprekjes voeren als u het goed vindt, meneer Busken. Weet u wat het vandaag is, welke dag, de hoeveelste van welke maand? Hoe oud bent u precies, kunt u mij dat vertellen? Zullen we beginnen met uw vroegste vroeger, uw kleuterpeuterkindertijd, had u lieve ouders? Zwijgend kijk ik toe hoe ook hij al aan de gang gaat woorden te toetsen zonder enige reactie van mij te hebben afgewacht. Daar laat ik hem dan ook op wachten. Mijnerzijds in stilte als ijs, waarin ik mijn collega Mondriaan met zijn vierkantjes rechthoekjes streepjes van alle kanten naar me toe voel sluipen om me met wielstoel en al tot een kubus in elkaar te pletten. Of ik lieve ouders heb gehad. Waar de over mij heen jagende wolken schaduwstroken over het land schuiven gaan ze binnenkort beton storten, ik ben niet gerust op de dingen en de situaties. Haal me hier toch weg voordat er oorlog komt. Ik zou een mes moeten hebben. Iets over uw schoolopleiding dan. Wat was uw decor, uw wereld waar u bent opgegroeid en uit tevoorschijn bent gekomen. U zegt niets. U hebt geen zin om over de onderwerpen die ik voorstel te praten? Zegt u maar waarover u wil praten. U wil liever helemaal niet praten. U kan toch praten? Volgens mijn gegevens hier bent u in staat om te praten. Klopt dat? En horen kan u ook gewoon staat hier. De snotneus met zijn open overhemdskraag. Op het toetsenklaviertje doet hij ampel verslag van de stilte die ik hem blijf toezenden. Soms kijkt hij op en richt hij zijn blik op mij, die mijn blik strak op hem houd gericht. Hij knippert het eerst met zijn ogen. Straks komt die Karel mij scheren. Ik heb iets gedroomd of herinnerde me iets of iets schoot me te binnen, iets op een schip en nog iets. U hijgt zo. Probeert u uw handen eens stil te houden, zou dat lukken? De rolstoel trilt helemaal met u mee. Helaas hoor ik niet dat Freddy iets tegen me zegt, ze hebben me namelijk onder curatele gesteld, ze geven me dertig euro per week, daar moet ik ook nog van naar de kapper. Kijk, meneer Busken, ik heb hier een stapeltje kaarten die ik een voor een voor u omdraai en dan zegt u het allereerste waar u aan denkt als u het ziet. Hoe infaam slordig van formulering. Hij heeft het waarschijnlijk over afbeeldingen op die kaarten, welke hij me achtereenvolgens gaat tonen, waarbij hij van mij verwacht dat ik spontaan zal uitspreken wat ik in die afbeeldingen meen te zien. Dat ze daar tegenwoordig nog mee aankomen, de vlekkentest van good old Rorschach, die halvegare. Ik heb hem eens ontmoet, dat was in Der Elephant in Weimar, en we hebben nog een poos gecorrespondeerd. Natuurlijk heb ik zijn door spiegeling of verdubbeling verkregen abstracte voorstellingen al vaker gezien dan Pindakaas ze nu voor me neerlegt. Ze staan al dan niet gekleurd in ieder werk over psychochiatrie, dat mede door dit geknutsel van amice Rorschach een wetenschap van los zand en gemalen schelpjes is. Hoe zou ik spontaan kunnen reageren op wat me al in het lang en het breed, het hoog en het diep bekend is, gesteld ik zou reageren, wat ik uiteraard nalaat want ik praat niet, zeker niet met de mij hier omringende primaten en exoten en dat komt zo dubbele punt ik lijd aan de ziekte of kwaal of aandoening van Alzheimer, wat geen voorbijgaand griepje is, deze Alzheimer is mij onbekend als persoon, en ik ben doof en impotent en een bevende bejaarde en heb het constant koud en kan moeilijk meer uit de voeten vandaar de rolstoel begrijpt u. Een ander slot op de voordeur van mijn huis geschroefd hebben ze ook. Ik zwijg uit protest, ik zwijg, zwijg, ik zwijg. Amper heeft hij me de prenten getoond of hij draait de kaarten met de achterkant naar boven terwijl hij me aankijkt en met zijn hand beduidt dat hij belangstellend afwacht wat ik zal zeggen, zoals hij tijdens een andere sessie honderd diaprojecties liet langsschieten en ik me daarna moest herinneren wat ik had gezien, een gezicht gebouw plein boom. Ik zeg nu eenmaal nooit iets omdat ik met een scherp metalen mes mijn tong heb afgesneden, zoveel bloed in mijn mond dat mijn wangen ervan uitbolden, het spoot weg als uit een kraan, rood bloed, niet blauw, dat weet ik nog. Er kleeft verdriet in me, als drabbige stroop, de hele dag al, eigenlijk al jaren, eigenlijk al sedert mijn conceptie. Vandaar dat ik zo moeilijk adem. Als mensconcept voelde ik me al ongemakkelijk in de uit angst bestaande donkerte, die in donkerte en angst toenam naarmate ik van zaadcel uitdijde tot embryo, foetus, vachtloze rat zonder tanden om de kabel door te knagen en een mes had ik ook al niet. In mijn achterhoofd is met een bijl een kloof geslagen waar ik met mijn vingertoppen in kan en dan mijn hersens met tikjes voel bewegen, dat zijn mijn gedachten, ik denk veel. Achtereenvolgens kreeg ik deze rorschachjes te zien. De veelkoppige veelpotige spin. Het wijdbeense vloer- of haardkleed. Het menselijke bekkenbeen. De vleermuis. De als een minaret hemelwaarts gestrekte fallus. De naar elkaar toe zittende clowntjes met de in tegengestelde richtingen wijzende puntmutsjes, die heten Sigmund en Carl

Gustav, wereldberoemde psychopuzzelaars. Aan mijn Nederlandse vertaling van een analytisch betoog van de een deed ik een uiterst kritische inleidende tekst voorafgaan, over de ander publiceerde ik een polemische brochure, diens ideeëngoed verpulverend tot molm. Dat zullen alle kopstoten hier wel weten. Hoe bijzonder ik ben. Bij spreekbeurten eertijds bereikten me applausen als klaterend neerstortende moessons en andere stormachtige blijken van bijval, ik was toen nog niet doof, zodat ik het heb onthouden. Op etiketten van potten pindakaas der firma Calvé stond vroeger smeuïg tot op de bodem. Ik zie tante Marie nog met een ontbijtmes bezig het tegen de glasbodem aangekoekte broodbeleg met de kleur van stoelgang los te bikken. Pogingen om de uitgedroogde kogelharde keutels uit te smeren over brood resulteerden in van de korsten losgetrokken en tot rafelige fragmenten uit elkaar gescheurde boterhammen. Ik leverde de te Delft gevestigde fabriek enige gouden suggesties tot duurzamere besmeuïng van het product, waar ze, naar weldra aantoonbaar werd, hun voordeel in rijke mate en met dik succes hebben gepuurd, maar mij een procentje gunnen van de erdoor toegenomen omzet, nog geen bedankbriefje viel mij ten deel. Ik moet mijn gedachten niet steeds zo laten wegdruipen als kleurenvlekken. Freddy tikt met iets, een balpennetje, op het plastic bureaublad om mijn aandacht bij de afbeeldingen te houden. Het zwarte Halloweengruwelmasker met de driehoekige witte ogen. De lichtblauwe beha. Het is een lichtblauw vlindertje. Weer wolken. Alles exact symmetrisch, het links is het rechts en omgekeerd, het papier waar de inkt- of verfklad op werd neergedruppeld altijd in de breedte gevouwen, nooit de boven- of onderkant over elkaar, zodat het bovenste gelijk zou zijn aan het benedenste of andersom. Toen ik hem hier een vraag over stelde, kort voor zijn schielijke dood, lachte mijn waarde vriend Rorschach alleen maar wat. Als u niet wil praten, niet spontaan wil of kan zeggen wat volgens u de figuren voorstellen, kan u misschien opschrijven wat in u opkomt. De jongeheer Calvé schuift een bloknootje in mijn richting en legt het schrijfgerei ernaast, ik hoor echter niet wat hij zegt, het scherm van de audioloog vertoont geen reactie. Audioloog heet tegenwoordig audizjèn. Daar komt het allemaal van. Mijn handen beven en zwenken te stuurloos om ze alleen nog maar naar het pennetje en boekje te kunnen uitsteken. Als ik ze al zou kunnen vastpakken, dan om alles meteen te laten vallen. Geen kracht in mijn vingers en nergens, mijn hele lijf schudt van het beven. Onrust, angst, weerzin. Om te kunnen schrijven moet ik trouwens kalm licht en stilte en een rustig lichaam. Een helikopterveld waar nu nog een boom staat met een geel paard eronder ontneemt een hoogst sensitief persoon als ik al zijn zekerheden. Het paard van Boeddha heette Kanthaka. Schiet me te binnen en meteen weer te buiten. Freddy begint opnieuw met het pennetje puntjes op het bureaublad te zetten, tik, tik, tik, zijn andere hand blijft bezig op de toetsen, tik, tik, tik, tweestemmig als een canon. Hierbij monstert hij me, zeggende: Als schrijven ook niet gaat, lukt het u misschien met uitbeelden. Ik zie u vuistbewegingen maken bij wat u misschien interpreteert als trollen die met elkaar aan het vechten zijn, nee? Welnee, smeuïge olienoot in je Mondriaanspelonk met dat vlekje onder aan de zijkant van je keel. Ik weet mijn gebeef niet te coördineren, zodat er wel meer zijn die van alles opmaken, alles verkeerdelijk, uit het onwillekeurig uitslaan van mijn extremisten. De empathische lezer zal wel begrijpen dat E. Busken hier extremiteiten bedoelt. De riem rond mijn maag waarmee ze me in de rolstoel geketend houden knelt pijnlijk hinderlijk, ik sla er steeds mijn handen omheen in pogingen me ervan te bevrijden, rukkend, vechtend, schoppend. Trollen? Een gapende vagina zie ik, de wanden gekarteld als een zaag, de geul ertussen galgroen als een gekliefde bedorven vrucht. Hoe was de relatie met uw moeder? Freddy meent wellicht dat ik met de wild over mijn buik bewegende handen het driftig openrijten of -ritsen van een boodschappentas, buidel, huidplooi uitbeeld, van iets waar iets anders uit tevoorschijn komt, zoals bij een keizersnede, er zijn dieren met een buikgleuf waarin ze hun jongen bewaren. Kwam hij er zo op naar mijn moeder te informeren, men begrijpt niet hoe een ingeving, idee, associatie ontstaat en er vervolgens gedachten gaan stromen. Daar heb ik het nog met Rorschach over gehad. Die wist het ook niet echt. Freddy, links het tikkende pennetje, rechts de tikkende computerknoppen, oppert wederom iets: Noteer ik, afgaande op uw armbewegingen, dan maar twee boksende kangoeroes? Uit het zwalpen van mijn hoofd, dat ik niet kan beheersen, leidt hij mogelijk af dat ik hem toeknik en zwijgend antwoord: Doe jij dat maar hoor, nijver baasje. Wolken. Golven. Vogels. Vlinders. Nooit is het stil in mijn brein. Al die langsstuivende gedachten ritselen als wegwaaiend papier, door het geritsel heen klinkt een aanzwellend en weer in geluidskracht afnemend zoemen, constant gemompel als door verschillende allerlei monden, almaar hernomen, almaar terugkerende, in cirkels verlopende gedachtengeluiden, als je het nog gedachten kunt noemen, hoe het gedwarrel gemijmer gepieker anders benoemen, noem het mijn multiversum van gefluister en gegons, iedere gedachte is een gekleurde rorschachvlek met geluid. Meneer Busken leeft in een voor anderen ontoegankelijk gehouden wereld. In een der Mondriaanmuren is opeens zonder kloppen een Mondriaandeur geopend en uit de ontstane rechthoek betreedt mijn puntenslijper het kabinet. Hoe verloopt het hier? Ik kom eens kijken en luisteren mits hiertegen geen bezwaar bestaat. Tegen Calvé: Goedemiddag, collega. Pindakaas is overeind geveerd bij binnenkomst van zijn opperchef en blijft eerbiedig staan tot deze zich tegenover hem, naast mij, heeft neergelaten op de stoel die oorspronkelijk voor mij was bestemd. Tegen mij: En u insgelijks een zeer goedemiddag, meneer Busken. Zou het hierbij zijn gebleven, vooruit, maar deze Teurlings met zijn zwarte brillenglazen als de oogholten in een doodskop begeleidde het met een klop, twee kloppen zelfs, van zijn hand tussenonder mijn schouderbladen. Een ontolereerbare vrijmoedigheid, mijn lichaam protesteert er spastisch tegen, beukende pijn vlak boven mijn stuit, niet kunnen slikken, er ontsnapt me een rare kreet, raar van klank die niet van mezelf is. Men moet mij niet zomaar onverhoeds aanraken als ik niet weet dat het zal gebeuren, zeker niet aan of op lijfsgebieden die ikzelf niet kan zien noch waar ik met mijn handen bij kan, doordat ik er mede wegens mijn doofheid zo van schrik stagneert mijn conservatie conversatie consecratie hoe heet het contemplatie concentratie. U was in gedachten, chiater Teurlings wendt zich op de stoel naar mij toe, en zo te merken heb ik die verstoord, excuus daarvoor, onvergeeflijk van mij. Mondriaans stadsplattegronden spiegelen en verspringen in het donker voor zijn ogen. Ziet hij mij nu ook verdonkerd als een niet van hier afkomstige uitheemseling met migratieachtergrond, gendergewijze ook niet meteen thuis te brengen? Je weet vandaag niet wat je nog wel en niet meer mag zeggen, is allochtoon nog toegestaan? Hoer zeggen in plaats van prostuee is ongevoelig, ook het woord prostuee zelf, zegt Babet, je moet sekswerker zeggen, zegt Babet. Een mannelijk woord, ook als het een werkster betreft. Dat komt door de genderopheffing. Mannen, vrouwen, homosuelen van beiderlei en verder iedereen mag gewoon gebruikmaken van dezelfde toiletgelegenheid in cafés en op vliegvelden. Ik zou graag willen meesurfen op de golven van uw gedachten, hoor ik Teurlings zeggen, de kwibus. Zonder me ergens in te mengen, ik luister alleen, als dit in orde is voor u, doet u maar of ik er niet ben. Een meter van mij vandaan schrankt hij zijn benen en armen, zijn gipswitte gezicht met de pandaogen in afwachting op mij gericht. In het ene brillenglas tekent zich een krasje af. Wat ik denk is: Geef mij eerst mijn potloodpunter maar terug. Toen hij mij mijn eigendom uit handen had genomen en over het glazen blad van zijn imposante schrijfmeubel naar zich toe had gehaald, buiten mijn bereik, zette hij het met de opening naar beneden voor zich op het vloeiblad. Daar begreep ik twee dingen niet van. Op een formulier begon hij kruisjes en vinkjes te zetten en woorden in te vullen met zo'n zelfde gestichtsbalpen als waarmee Carola schrijft als ze schrijft en Freddy tikjes zit te geven, wit met opdruk MC Madeleine in vulgair goud. Primo voor een balpen is geen puntenslijper nodig. Secundo een vloeiblad ook niet. Ik bedoel. Nog steeds in staat iets te bedoelen. Al valt hier eigenlijk niets te bedoelen, ik bedoel niets wat nadere explicatie behoeft. Met een bons, echoënd in het hout van het bureau en waarvan ik een sidderinkje door het slijpertje zag gaan, knalde hij nog een stempel op het formulier. Cliënt E. Busken is zo dol als een draaideur. Daar zijn handtekening doorheen. De T in de vorm van een galg, dan een aantal grasssprieten, gekrabbel zoals de meeste handtekeningen onleesbaar, streep eronder. Ik neem het waar. Ik lijd aan heimwee. Naar het ongebeurde dat had moeten gebeuren. Of naar het omgekeerde. Zoals goeroe Teurlings naar mij kijkt, kijk ik naar hem terug. Ik kan er mezelf jammerlijk genoeg niet statig soeverein bewegingloos bij houden, handen armen hoofd bovenlichaam benen, alles schudt en slungelt spartelt schopt bokst, door het wanhopig naar lucht happen komt mijn tong voor mijn kin te hangen en ik krijg de lap niet meer binnenboord. Haal me hier toch weg, breng me terug naar waar ik was voordat ik er was en niemand zich mij herinnerde. Een naadloze plastic zak over het hoofd, stevig dichtgeknoopt rond de keel. Aan smeuïg tot op de bodem vraagt hij: Zijn er nog wel gedachten? Deze antwoordt als boven geciteerd: Cliënt laat niemand in zijn wereld toe. Kijkt je alleen maar aan. Zegt niks. We moeten afgaan op zijn lichaamstaal. Teurlings: Noem jij dit nog lichaamstaal, dit gebonk en gebots en geschok? Calvé: Hij reageert niet op alles hetzelfde. Al houdt hij zich ongenaakbaar stoïcijns, denkt hij, er zijn dingen die hem raken, meer dan andere dingen, en waarop zijn lichaam hoe dan ook reageert. Teurlings gestreng op zijn ponteneur: Je hoeft het mij niet uiteen te zetten, jongen. Hij vervolgt: Het lijkt iets weg te hebben van asperger, maar dat is het volgens mij niet. We moeten nadenken over andere medicatie, we moeten er zorg voor dragen dat hij kalmeert, dat in de eerste plaats. Men praat weer over me, dat wil zeggen men praat over me heen, of ik niet bij hun deliberatie aanwezig ben, ik ben een lege schoenendoos of iets dergelijks, ze dichten me een gekte toe die mij ontmenselijkt tot een pop in een rolstoel, zonder gedachten, nu en dan uit ik een schreeuw of grom. Een chiater heeft de bevoegdheid recepten voor pillen te schrijven, een goloog als Freddy niet, diens taak is uit gedachten en gedragingen per cliënt op te maken hoe het komt dat deze zo verknipt is als een zak confetti, waar volgens de chiater medicatie voor of tegen bestaat. Asperger? Vergrotende trap van asperge. Asperge: groente, asperger: groenter. Een ziekte kwaal toestand, nooit eerder van gehoord, die ook niet op sigarettenpakjes wordt vermeld. Wat voor medicatie zou daarvoor of -tegen bestaan. Ik heb geen asperger alzheimer parkinson en ben ook niet dement, bof ik even, want medicatie om het allemaal te bestrijden is er niet en men zoekt er ook niet meer naar. Ik heb alleen onduldbare rugpijn. Doordat rollators niet van een deugdelijk remsysteem zijn voorzien. Daar komt het van. En ik beef. Soms heel erg. Soms niet zo erg. Verder heb ik niks, geen kaa of niks waartegen toch geen pillen bestaan, al blijven ze me hier medicatie voeren zoals graankorrels aan kippen, zo noemen ze het zelf, medicatie, terwijl de pijn er niet van achterwege blijft, het beven mijner leden evenmin en die mij ook het hoor- en spraakvermogen niet teruggeeft. Iets in zijn vroege jeugd waarschijnlijk, oreert pindakaas. Zijn moeder. Meneer Busken leeft met megalomane wanen ten gevolge van het feit, hoor me daar die Freddy toch eens aan, dat zijn talenten nooit werden onderkend, zijn ambities stelselmatig gefnuikt, hij nooit iets heeft verwezenlijkt, nooit iets heeft voltooid, hij herinnert zich bijna niets meer. Het is een diepe wetenschap die bestaat uit cliëntenschoffering. Tegenover hem gezeten heb ik alleen naar mijn trillende handen gekeken, samengeknepen onder mijn maag, en soms een beetje mijn hoofd verschoven. Megalomane wanen. Geschikte titel voor mijn volgende dichtbundel. Weet u welk jaar het is dit jaar, meneer Busken? Hoeveel is acht en vijf? Acht min vijf? Ik zeg kruk. Kunt u van deze vier letters een ander woord vormen van vier letters? Weet u nog andere woorden van vier letters? Egge. Dat is de scherpe kant van een mes, waarmee dier, vier letters, zowel als mens, vier letters, de keel, vier letters, kan worden gekliefd. Kunt u het woord klimop achterstevoren spellen? Waarom zou ik dat doen. Wat ziet u zoal in deze vlekkencompositie? Het is zeer diepe wetenschap. Hoe komt hij erbij dat ik me bijna niets zou herinneren, wacht mijn memoires af, zestien delen van ieder minstens duizend bladzijden. Zeven delen, mijn leven vooralsnog niet chronologisch, zijn reeds in bezit van de laaiend enthousiaste uitgever, hij laat me weten het om verschillende redenen wijzer te achten nog even met publicatie te wachten. Herinneringen vlotten langs als boomstammen op een rivier, meevlottend spring ik van de ene op de andere. Zo herinner ik me in dit ledige ogenblik dat ik naar buiten en het bewegende licht staar opeens weer hoe ik dat ik. Ik ben op een schip en die vrouw, dat is mijn moeder, en die Suwarsi Pudjojono zijn daar ook en hoe ik dat ik als het kind dat ik toen was sta te janken. Van verdriet dat nooit is weggetrokken. Als tevoorschijn gedanst uit de zee zijn er opeens een heleboel blauwe vlindertjes om ons heen, een kwam in mijn hand zitten. Daar vouwde ik mijn andere hand als een koepeltje overheen en keek door een spleetje bij mijn duim hoe het diertje eerst niet bewoog en toen fladderend zich stotend probeerde uit het donker te ontsnappen. Ik zal je wel beschermen tegen al die boeroengs, je bent bij mij in goede handen. Vlindertjes waren ook op de reling van het dek neergestreken om uit te rusten van hun lange reis, waar boeroengs, dat zijn vogels in die mooie taal, ze kwamen wegpikken met hun snavels als metalen pincetten, steeds een tikgeluid tegen het ijzer. Tik. Tik. Tik. Die vogels waren er ook opeens. In de verte is nog een wazige strook van het land te zien waar wij van wegvaren, die verte wordt steeds groter breder definitiever, ik moet slikken omdat ik het zie gebeuren. Die Suwarjojo, zo noem ik hem in gedachten, en die vrouw staan tegen elkaar aan, jojo draagt een wit uniform met zwarte ankertjes op de revers, een witte pet met afdak en daarboven ook een zwart ankertje, en schoenen, zwarte, glimmend geborsteld. Zo had ik hem wel vaker gezien. Hij is van het loodswezen. Een zwaarplechtig woord, drie lettergrepen. Ze staan diep te ademen en aan elkaar te voelen, mijn moeders armen onder jojo's jasje, dat ervan omhoogkreukt. Als er een lang aangehouden, hard, donkerbruin scheepsgeloei de lucht met verpletterende zon laat sidderen en de vogels wegjaagt, de vlindertjes ook, brengt mij dit ik weet niet waarom vanuit mijn keel aan het grienen. Omdat met dat geluid iets voorbij is, dat nooit zal terugkomen. Dingetjes. Ik vergeet mijn handen bij elkaar te houden en zie door mijn ogenvocht heen, dat ik opvang met mijn tong, het is zout als de zee, het plinderrrtje voor mijn eigen schoenen vallen, ik moest opeens schoenen aan, blote voeten waren ook voorbij. In dezelfde tijdfractie, het geloei klinkt nog, laat die man die vrouw, dat is mijn moeder, los, doet een paar passen achteruit en, ik weet het nog, ik zie het nog, ik hoor mijn schreeuw nog terwijl ik jojo's been probeerde tegen te houden, weg te duwen, zet zijn hak met zo'n ijzertje eronder als een paard op het beestje dat ik altijd had willen bewaren, het zat zijn marineblauwe vliegmechaniekjes in orde te brengen om van het dek op te vliegen, zijn soortgenootjes achterna, vluchtend voor de vogels. Of je nu door een paard wordt vermorzeld en als een spatje snot in de zon verdampt of in het hemels lazuur door een vogel wordt verzwolgen, zo redeneer ik later, nadenkend over mijn eigen fatum, wat maakt het uit. Doe mij zo'n moordpil met x'en, q's en ypsilons. Of zo'n arsenicumspuit. Als het maar snel voorbij is. Ik kan het me ook zelf aandoen, maar ik heb geen mes. Ze binden me ook steeds vast. We zullen je nooit vergeten. The light is dimming, and the dream is too. Het loodswezen heeft nog de tijd om te vloeken en mij uit te schelden omdat mijn hand een vetveeg op zijn smetteloze broekspijp heeft achtergelaten, hotperdomme! orang bodoh! dit betekent stommeling, orang kotor! dit betekent puilpoets of piezerik, voordat hij op en over de reling klimt, van die vrouw krijg ik een lel links en rechts tegen mijn hoofd, zij begint ook te huilen. Langs een touwladder verlaat jojo het schip en springt beneden in een kleiner vaartuig dat daar heeft liggen wachten en onmiddellijk vertrekt naar daar in de verte waar het land al in de zee is verzonken. Hij roept nog iets, mijn moeder roept nog iets, maar ze verstaan elkaar niet meer. Ontploffinkjes van zwarte rook uit de schoorsteenpijp van het snel uit zicht verdwijnende bootje, vogels, vlinders, krekels, bijen eromheen, larfjes, schuimsel. Ik maak dat ik van mijn moeder wegkom, dat larmoyante, nerveuze, driftige kreng. Ze droeg een rok en een mauve bloes en schoenen, iedereen had opeens schoenen aan, zij met riempjes over de wreef. Altijd meppen, ik ben te stom voor alles, ik had een meisje moeten zijn in plaats van zo'n lelijke aap, nog achterlijk ook, ze hoefde en wilde helemaal geen kind eigenlijk, ik bestond per ongeluk, maar je vader wilde je per se houden, anders had ik je meteen verzopen, je vader, nog zo'n waaihoofd en mislukkeling, blij dat hij blij toe dat hij meteen oprotte, de zwerver, niks helemaal niks komt van mij terecht, ik hoefde me niks te verbeelden, naar de universiteit om een beroemde uitvinder te worden, bijvoorbeeld van een rollatorblokkeermethode en andere nuttige dingen ten gerieve van de ganse mensheid, jij? wat haal je je in je hoofd, boeken en dingen schrijven jij? daar moet je heel wat voor in je mars hebben, ik heb alleen maar zaagsel, potloodslijpsel en stront in mijn hoofd, straatveger, vuilnisophaler ja, als je daar niet ook te dement voor bent, of bordenwasser, of strasenbaanknotenpoenkthienoendwiedersjieber, dit zegt Babet, schuimsel als witte larfjes rondom haar tanden die ze voor zich op de krant op tafel legt, giesegassegoese ronflonfloese taterateraa. Gegons rondom mijn hoofd, gekriebel als van tienduizend insectenpootjes, van bijen die in trossen aan mijn kin en wangen hangen, afkomstig uit de bijenkorven aan de grens van waar de betonnen parkeervlakte en de helikopterlandingsplaats zullen komen, fletse zonnebalken eroverheen in de richting van de mensenwereld verderop. Zo meteen verschijnt de fotograaf om mij zo, mijn gezicht bekrioeld door bijen, alleen mijn ogen, oor- en neusgaten niet, te portretteren voor het bijenhoudersjaarboek. Ik ben erelid van de vakvereniging vanwege mijn inzet en verdiensten, vooral tijdens de oorlog. Dit flakkert door me heen als de verzorgende Karel de ronkende scheertondeuse pardoes tegen mijn kaken drukt, terwijl ik er niet op was voorbereid dat het zou gebeuren, ik heb hem op zijn sluipschuivers niet opnieuw horen binnenkomen, ik schrik dus weer, ik schrik de hele tijd, om alles, altijd. Onze analyses inzake cliënt Busken stemmen helder overeen, mevrouw, mijne heren, de casus is duidelijk, wat u? Welwel, ach zo, kijk aan, inderdaad, jaja, ahum, nounou, neem een pepermunt, psycho's en psychia's gezellig onder mekaar bijeen rondom onze toetsenklavieren voor cliënt Buskens eigen welbevinden, wat je zegt. Rustig maar, meneer Busken, niet meteen zo opgewonden van streek, ik ben het maar, uw stoppeltjes scheren, stoppeldepoppeltjes, hoor ik door het gegons heen de stem van Karel, vroeger luidde zijn voornaam Carolien.

… ook zijn er knopen zonder gaatjes, maar met een eraan vastgelast lusje van dun metaal, waarmee de knoop kan worden vastgenaaid. Deze zijn aanzienlijk duurder dan knopen met gaatjes, daar ze doorgaans ook met leer of pluche of fluweel of nog ander materiaal zijn overtrokken, dat drijft de prijs op naar eenieder zal begrijpen, omdat ik veel verstand heb van knopen, word ik er regelmatig over geraadpleegd. Wat is er hier schoon opgeruimd. Dat is Mieneke Kalckbrander achter me. Om te voorkomen dat ze me zal aanraken zonder dat ik het verwacht en ik ervan schrik, weet ik de wielstoel zo te draaien dat ik haar zie, ze is nog in het deurgat, keutelt juist de kamer binnen. Iedereen komt maar binnen of het hier een publieke ruimte is waar ik spreekuur houd, zoals eertijds in Genève, zie mijn gedenkschriften. Ze heeft zich omgekleed en heeft nu die tuinbroek met galgjes aan, waarin ze er bespottelijk uitziet, maar iedereen en alles is hier bespottelijk, ikzelf ben hier jammerlijk misplaatst. Het kledingstuk bevat geen zichtbare knopen, waarom ik dus aan knopen denk, zelfs dat ik aan knopen denk vervaagt al, zoals honderden gedachten vervagen zonder gedachten te zijn geweest. Die tuinbroek, weet ik, is vlammend oranje, maar vandaag blauw, ik heb ook meer pijn dan anders. Onder de rond haar schriele beentjes slobberende pijpen, wijd genoeg voor olifantspoten, draagt ze strakke kousjes, het ene met een motiefjesdesign, het andere niet, het ene blauw, het andere ook, maar ander blauw, meer geel. Op haar sandaaltjes naderbij dribbelend: Al dat papier keurig op een stapeltje, dat is toch veel netter, jij ook weer als door een ringetje en je ruikt ook plezieriger, wat zit je nu nee te schudden of je parkinson hebt, ach jochie toch, zit je weer lekker voor het raam. Ik heb geen zin in haar zo vroeg in de morgenstond, net onder de douche vandaan, mijn haar nog nat, in mijn kruis de luierprop nog vers, ik omsluit hem met de binnenkant van mijn dijen, waar ik soms troost behoef, ik ervaar het als klein genot, inmiddels te bejaard voor meer, ik lijd aan heimwee, ga weg, dwaze kol, laat me alleen met mijn gepeinzen. Ze heeft de stoel al bijgetrokken en zal naast me gezeten haar hand op mijn been leggen en er veel te lang op laten liggen, behalve mijn hoofd schudt mijn hele wezen, onmogelijk ermee op te houden of het tot bedaren te brengen, zo protesteer ik en verweer ik me, het is mijn lichaamstaal, in gewone taal te vergelijken met struikelend stotteren, ik laat me op de wielen van mijn kar zo ver mogelijk van haar wegdrijven, maar zij slaat haar klauw uit en trekt me aan de rugleuning terug, waarschijnlijk in close-up. Ze komt soms 's nachts als een lemuur binnensluipen als ik slaap, zoals toen het buiten zo tekeerging. Ik was door het daveren van de donder en het roffelen van de regen heen geslapen, enigszins hardhorig als ik ben, maar opeens werd ik aangeraakt, schoot ik overeind en zag ik haar in het zieke licht van de nachtlamp met losse knot in negligé naast mijn bed. Was dit afgelopen of gisterennacht of eergisteren of wanneer, hier is geen tijdsverloop. Andere keren gaat ze zwijgend op het voeteneinde zitten om een tijdje later weer te vertrekken, vooruit maar, ze is in de war zoals de meesten hier en mij stoort het ternauwernood, ik trek alleen mijn benen wat op. In die onweersnacht, terwijl ik sliep, begon ze me duwtjes te geven, schuif eens op vriend, en stapte gemoedereerd bij mij onder het dekbed, geruststelling bij me zoekend tegen het oorlogslawaai en de lichtflitsen in de zwarte wolken, waar ik wakker geschud toen ook getuige van werd. Dit deed zich wel als een onaangename situatie gevoelen, het bedje is te smal voor twee lichamen, wat vroeger in die schöne Zeit voor mij noch enige partner van welke gender ook als bezwaar heeft gegolden, maar Mieneke Kalckbander, dat was niet hetzelfde, ze transpireerde van angst, plakte de voorkant van haar lichaam tegen mijn rug en enterde me door een arm en een been over me heen te slaan, meteen slapend als een niet tot leven te wekken bonk klei. Behalve haar vochtige ademstoten in mijn nek, hinderden me de drukknoopjes aan haar slaapgewaad, die naarmate ze zich hechter aan me vastgreep hinderlijker in mijn huid begonnen te branden, ten slotte leken het er tientallen te zijn, in rijen naast en onder elkaar, zo voelde het, en scheurden mijn hersens van de daarin als kermislichten rondwentelende woorden knoop, knopen, knoopjes, drukkertjes, gaatjes, geen gaatjes, metalen lusjes. Ik hoef nu Mieneke Kalckbrander maar te zien of ik denk hoe dan ook aan knopen, te begrijpen als de dingen om aan kleren te bevestigen. Ik heb nooit een knoop aan een kleer bevestigd, was ergens een knoop af of dreigde zulks te gebeuren, dankte ik kleer af, waarna Babet er voor Herman een nieuwe knoop aanzette of de losse knoop weer stevig vastnaaide, ik beschikte over geld genoeg om me voortdurend van nieuwe kleers en goederen te voorzien, ik liet mijn moeder van haar alimentatiefortuin huur betalen in haar eigen huis en mij op weelderige wijze honoreren voor al mijn werk als haar verplegende mantelverzorgende, ja ik ben me daar gek om het allemaal gratis te doen, tot ze me hier onder bewindvoering hebben gesteld omdat ik moeilijk loop. Het woord kleer, meervoud kleers bestaat niet, waarde toehoorders, ik mag me nu en dan gaarne eens te buiten gaan aan taalcarnaval, niet dat u denkt, ik heb ze nog alle negen bij elkaar hoor, ik ben allerminst afkerig van scherts, ik zeg het er maar bij. Mieneke Kalckbrander drong me naar de uiterste rand van de matras, ik probeerde me verbeten doch vergeefs nog vast te klampen, verbannen uit mijn eigen bed kwam ik ernaast, deels eronder op het balatum met de cirkeltjes terecht, Mieneke Kalckbrander bleef in al haar knoopjes doorslapen in de door mij achtergelaten warmte, kreunend en gilletjes slakend na iedere donderklap, en ik kreeg mezelf niet meer overeind, kon mezelf ook niet verslepen of anderszins verplaatsen wegens pijn bij iedere beweging, roepen lukte evenmin. Steeds knalde de bliksem binnen, het gordijn niet gesloten, en verlichtte mijn verblijf zoals een heldere gedachte de menselijke geest als een vlam in gloed kan zetten, in de gegeven constellatie had ik niets aan deze beeldende metafoor. Nu zegt ze: Wat een raar weer opeens. Mijn blik ontwijkend, waarmee ik haar de kamer uit probeer te kijken, houdt ze haar ogen op buiten gevestigd, mijn ontstemdheid ontgaat haar of negeert ze als altijd, ze doet niet of ze gek is, ze is het, evenals de meeste indien niet alle hier gedumpten, vandaar mijn eenzaamheid als poeta doctus en primus perpetuus tussen deze geesteswrakken. De ene keer is er de stralende zon, de andere keer betrekt het, zo vat ze de meteorologische gesteldheid samen, de ene keer is het aangenaam om te voelen, even later loop ik met kippenvel. Hier kruist ze haar armen om huiverend, brr, haar beroemde handen over haar blote bovenarmen te wrijven. Als nu straks die barbecue maar doorgaat, verzucht ze. Wat denk jij? Een harer handen plaatst ze nu wel degelijk close-up op mijn bovenbeen en ze voegt er een knijpje bij en nog een knijpje, geërgerd beweeg ik me zo dat ze hem meteen verwijdert en bij haarzelf in een oksel bergt. Het is een beetje killig, pruilt ze, vind je niet, wat vind jij Buskebump, vind jij het niet killig, wat denk jij, zou het feest wel doorgaan, als het maar niet gaat regenen. Vind ik iets, denk ik iets? Ik ben hier niet, wie deze vrouw is, ik heb geen idee. Had ik maar een mes. Feest? Pinksteren of zo? Veni Creator Spiritus. Dit betekent kom scheppende geest. Een met Pinksteren te zingen hymne, doch wie weet nog wat Pinksteren is. Ik. Voorzichtig met spiritus bij barbecue. Wat is vandaag voor dag? Manewoens donderdins zonvrijzater. Welk jaar is dit, in welk jaar leven we, meer bepaald ik, in welk jaar leef ik. Ik raak de dingen bijster, mezelf bijster, mezelf kwijt, als ik wist welk jaar zou ik kunnen uitrekenen hoe oud ik intussen eigenlijk ben geloof ik, in ieder geval ben ik treurig bejaard. Een man is bejaard als hij door wildvreemden wordt gewassen, hetzij door een vrouw of een seksegenoot of door een gewijzigde gender, een gender in herbouw of meerdere genders tegelijk in één persoon, het draagt allemaal hetzelfde uniform, word er maar eens wijs uit. De bejaarde zit op het deksel van het toilet de vloertegels tellend en ondergaat het gelaten, wat kan hij anders. Hij pist nog wel, maar waarmee bestaat nog slechts uit een loos velletje of hulsje, dat al die wildvreemde bejaardenwassers per se binnenstebuiten willen frommelen, want dat is hygiënisch, het moet schóón zijn, meneer Busken, ja toch? Wat het nog bevat is een weggekrompen bleekzuchtig erwtje als overblijfsel van de stoere bloeddoorvoede pomerans van weleer. Ik weet niet waar ik ben. Ik ben hier niet en niet bejaard. In gedachten vijftig jaar jonger rijs ik op uit de door leeuwenpootjes geschraagde porseleinen badkuip, waarin zij, mijn vurig beminde, onder de gouden kranen in het roze schuim blijft liggen, met een verrukte glimlach nahijgend van wat ik haar in het water heb mogen bezorgen, te weten een orgasme waarbij ik, gromde ze, haar keel moest dichtknijpen en ik met mijn duimen de adem en het geluid uit haar weke hals drukte, mijn penis van staal voorwaarts en voorwaarts stampend in de warmte van haar ingewand, warmer dan het badwater, dat door ons gespartel in brede golven over de rand sloeg. Een mooie volzin is nooit weg. Me afdrogen hoeft niet, ik ben onmiddellijk droog in de binnengutsende bijna tropische zon, al ben ik niet in de tropen maar tijdens een uitbundige zomer in pakweg Italië, met de mooie Moniek in Florence stel ik me voor, in een hotelkamer met openstaande deuren naar een witbetegeld balkon en zicht op een kolkende rivier, mogelijk de Arno als dit Florence is, maar het doet er niet toe. Niks doet ertoe, al blijft de vraag waartoe het niks doet, mitsgaders de additionele vraag wat hier precies onder het wordt verstaan, mutatis mutandis onder niks, dat iets tegenovergestelds uitdrukt. En maar tobben en maar piekeren. Over niks wat ertoe doet. Behaaglijk in de zon sta ik naakt over het balkonhek gebogen als ware het over de reling van een schip dat uit de tropen de Arno komt op gevaren, en opeens pletst er nattigheid tegen mijn lenden en denk ik mijn geliefde schopt baldadig water achter me aan en weet ik vol heimwee hoe de zonnestraling reflecteert in ieder afzonderlijk druppeltje. En maar sentimenteel blijven zuchten om alles wat voorbij is voor altijd. Als ik me omwend zie ik ziek van liefde mijn Moniek, ook nog naakt en druipend van het roze schuim, terwijl ze, met dat lachje, terwijl ze, ademloos zie ik het wonder aan, terwijl zij, ik kan al niet meer spreken van zij, metamorfoseert tot jonge god, die de urinestraal uit zijn nobele lid op mij richt, op mijn nog semiaanwezige erectie die zich opnieuw tot energieke stijfte uitrekt. Met geopende armen, alles binnen één gedachte, schrijden we, hollen we op elkaar toe, verliefd en belust over de witte tegeltjes, die ik had moeten tellen, wat ik ben vergeten, terwijl ik nooit iets vergeet. Waar ben je toch altijd. Mieneke Kalckbranders stem. Het is net of je er niet bent. Ik zie je zitten natuurlijk en ik kan je aanraken al vind je dat niet prettig, alsof ik een ziekte aan me heb die ik jou kan doorgeven, dat merk ik heus wel, maar je bent altijd zo ik weet niet of je wel hier bent maar tegelijk ik weet niet. Ik vraag je iets. Weer die hand op mijn bovenbeen, dicht bij mijn kruis, met mijn eigen hand, die zo beeft dat de hare meebeeft, bevrijd ik me ervan, ik geef haar hand terug door hem op haar bovenbeen te leggen, bij haar knie, maar zij vouwt nu haar hand, weer met zo'n knijpje, om mijn hand en houdt die krachtig vast, wat ik niet wil, maar me losrukken lukt niet, zij slaat haar andere hand nog krachtiger over onze handen heen, al haar vingernagels in een andere verfdooskleur, word eens rustig zegt ze, word eens rustig zegt dat mens met die koude handen. Op de brug over die woelige rivier, daar zie ik mezelf, de helft van mijn huidige leeftijd nog niet bereikt, in enige eeuw. Als je lang in het water staart ontstaat de illusie dat het achteruitstroomt, terug naar waar het vandaan komt bruisen, zodat ik op mijn vlot in plaats van door de stroming mee door de stroming terug word gezogen, door landschappen die mij van eerder bekend zijn, vertelt u daar eens iets over, meneer eh Busken, vindt u goed dat ik een eindje meesurf? Aan de andere kant van de brug begint de stad, waar ik trots en gelukkig wandel, hand in hand met mijn geliefde, eigenlijk ben ik nooit gelukkig, maar zie, daar overspoelt het me. Mijn geliefde is gekleed in een uniform lijkend helwit iets voor alle geslachten en gezindten dat haar zowel als hem, hem zowel als haar sierlijk elegant rond de leden plooit, zij met haar ivoren penis, die dezelfde gestalte is als hij met zijn appelborstjes en fluwelen meisjesbillen, ik ben daarjuist met deze dubbelgegenderde droomgedaante getrouwd en omdat er nog lang geen sprake is van moordende rugpijn kan men mij door de straten en over de pleinen zien kaatsen huppelen dartelen zo gelukkig ben ik en overspoelt het me. Een sateetje zou er bij mij anders best in gaan, meent Mieneke Kalckbrander. Ik vind dat het feest maar gewoon moet doorgaan, wat jij Buskebubs? Je bent zo warm en je beeft en beweegt zo. Heeft deze vrouw het tegen mij, bedoelt ze mij? Weliswaar voel ik dat ze mijn hand omklemt, die ik zo meteen nodig heb, maar verder ben ik onaanwezig, besta ik wel? ja ik besta, over duizenden jaren vindt men bij opgravingen mijn grafkamers vol schoonheid en profetieën die alle zijn bewaarheid. In de concertzaal waar ik ben, rij zes, stoel dertien, slaat verbijstering neer als een persoon vanaf het dirigeergestoelte, waar hij niet hoort te staan, de tijding verkondigt dat degene die daar wel zou horen te staan, de verhevene, wereldvermaarde, hooggeëerde voor wie ik ben gekomen om hem en zijn verrichtingen te mogen gadeslaan en beluisteren, in een aangrenzende ruimte van het muziekgebouw een uur eerder is omgestort en komen te overlijden helaas, uw entreegeld zal u worden terugbetaald. Moge hij dood zijn, hij is niet verdwenen, hij blijft in onze geheugens in lux perpetua, wij eren zijn nagedachtenis, dit zegt men nu eenmaal zo, naar alle waarschijnlijkheid heeft heden niemand meer spontaan paraat wie de hier bedoelde Alighiero Zimbardo of hoe heette hij is geweest, een architect, een voetballer, een acteur uit de tijd van de stomme film, misschien heeft Mieneke Kalckbrander hem in haar Hollywoodepoque nog gekend, jammer dat ik het haar niet kan vragen want ik ben zelf stom in de betekenis nietsprekend. Reeds begeeft het publiek teleurgesteld morrend zich naar de uitgangen, maar wacht, in de stilte die er plotseling is, neemt iedereen gespannen weer plaats in de daarjuist verlaten pluchen klapzetel, getuige van wat vervolgens gebeurt. Wat gebeurt ben ik. Ook ik ben opgestaan, met rustige tred, zelfzeker, soeverein, begeef ik me naar het podium, waar orkestleden bezig zijn hun instrumenten in te pakken, koorleden en zangsolisten hun jassen al hebben aangetrokken, daar bestijg nu ik het dirigentenplatform genaamd de bok. Met Zimbardo's baton die daar klaarligt op de partituur tik ik op de lessenaar, attentie dames heren kinderen mag ik uw aandacht, wij gaan het concert uitvoeren zoals het is geprogrammeerd en wel onder de gestrenge doch bezielende leiding van mij, generaal opperdirigent E. Busken. Mijn hypnotiserende blik bestrijkt de verzamelde troepen, het orkest van honderd muzikanten, verschillende koorgroepen van vrouwen, mannen, kinderen, een paar honderd, een echelon vocale solisten, alles bijeen een macht van zo'n driehonderdvijftig uitvoerenden. Symphonie der Tausend, zijnde de achtste van Gustav Mahler, de neuroot. Nog geurend naar zepen en shampoos, alles schoon tot in het verborgenste en in schone kleren, een bol textiel tussen mijn dijen, mijn benen krakend van kracht, voeten naar voren, stevig staande, adem in orde, nergens pijn, ik verliefd, ik gelukkig, ik winnaar, in stilte die neerslaat als de spanning uiterste intensiteit heeft bereikt, strek ik mijn armen, de dirigeerstaf in mijn rechterhand, die ik met enig rukken aan de omvatting van Mieneke Kalckbrander heb onttrokken, zwaai ik een opmaat en daar gaan we, losbarstend in gedender getetter gebrul geknal van honderd strijkers toeters pauken overdonderd door orgel en dubbele aantallen zangstemmen, alles op zijn allerloeihardst als sloopkogels tegen de trommelvliezen, je zal erdoor uit je vredige slaap worden geramd. Het stond de componist voor ogen met deze keet de heilige scheppende geest op te wekken met de aanroep: Veni Creator Spiritus! Het moet dus Pinksteren zijn, dat dacht ik al. Met van die knikkertomaatjes en uienringetjes en spekjes ertussen, zegt Mieneke Kalckbrander, mmm, haar hand waaierend langs haar wang. Aan mijn commandobord, boven de partituur die ik gesloten laat, ik sla me zonder naar de noten te kijken door het lawaai als een zwemmer door tsunamigeweld, is een kleine vierkante spiegel gemonteerd, zo afgesteld dat hij is gericht op het hoogste balkon achter in de zaal, daar moet een zangsolo vandaan komen, die mij zal treffen in mijn nek, een zweepslag van zoete ontroering, vertolkt door mijn beeldschone mangeliefde en aanbeden hartsgezellin ineen, mijn meisjesmuze die mijn minnaar is, in één keel trilt haar adamsappel, klinkt zijn zilveren stemgeluid, mijn engel in het spiegelglas waar de zon in spat die mij tot tranenstoe verblindt, ik stroom over van bewondering, van wat is het, liefde, alles, waar zijn mijn woorden, al zou ik woorden vinden, ze zouden te zwak en te bleek blijven voor mijn aangedaanheden, met paprikapoeder, een flufje, niet te veel, zegt Mieneke Kalckbrander, de bulkend opgetogen recensies in alle kranten, met mijn foto erbij, ik als Mozes met mijn staf de klankenzee bedwingend, heb ik uitgeknipt maar ben ik kwijt, ze zaten in een zwart mapje met een drukknoop. Ben je weer in slaap aan het vallen? Een stomp van Mieneke Kalckbrander tegen mijn elleboog. Ik schiet naar lucht happend tevoorschijn uit waar ik was. Ik práát tegen je. Je zit weer te bewegen of je planken zit te timmeren met je ogen dicht. En je zit erbij te kreunen of je of je. En je zit er de hele tijd aan te voelen. Er vallen latjes en blokjes langs de achterkant van mijn ogen, waar ik geluidjes, een soort geratel, bij meen te horen van op elkaar vallende of tegen elkaar stotende voorwerpjes, wat ik wel inwendig denk of me voorstel te horen, maar niet zie gebeuren, dit duurt zo'n twee, drie diepe ademhalingen. Al houd ik mijn ogen geloken, de wisseling van zon en schaduw strijkt over mijn oogleden en dringt tot in het holst van mijn slakkenhuis door, schaduw primeert, niet dat het er dan schemerduister wordt, maar dat het licht ietwat minder helderscherp tot in de verste spatie en diepste kronkel doordringt zonder dat het er daarom niet is, als men begrijpt wat ik tracht aanschouwelijk te maken, en mocht men het niet begrijpen dan is het mij om het even, wat zal ik me nog inspannen, voor mij is het einde der tijden aanstaande, vandaar waarom ik geen horloge draag en trouwens op rollators is geen blokkeermechanisme voorzien, waar niet zelden adellijke ongelukken het gevolg van zijn. Moet zijn akelijke nee akelige. En als het niet de Arno in Florence was, dan misschien de Moldau in Praag of de Lek bij Wijk bij Duurstede, het vliedt allemaal eender langs en voorbij, gelijk de tijd en ons bestaan, het is maar nevel, het is maar schaduw, net wat u zegt. Beton voor paaseieren gaan ze storten en een helikopterhaven aanleggen voor traumacliënten dan wel ministers of ander zulksoort hooggezeten volk. Het geluid in mijn hoofd is het vanuit verte aanzwellende geratel van de wentelwiek waarmee onze geëerbiedigde vorstin Beatrix uit het zenit neerdaalt onder mijn raam. Ik kom voor mijn dierbare vriend E. Busken, zegt de landsvrouwe. Om me van hier te bevrijden en of ik mee ga skiën in een harer buitengoederen enige landen verderop. Eerst gaan we saampjes naar de film, zij met een grote kartonnen koker op schoot, de popcorn steeds even opschuddend. Hier open ik mijn ogen. Mieneke Kalckbrander rommelt tussen de kleurpotloden in het blikken emmertje, dat is wat ik hoor, ze heeft het van mijn schrijftafel verplaatst naar het bed, waar ze zich half naartoe heeft gekeerd. Wat moet deze vermolmde labberlot, zo zot als een zweeftol, met mijn eigendommen en werkgereedschap, haar nagels bijkleuren? Mijn ademhaling verloopt op slag raspend, gierend, in mijn mond opeens een speekselvloed die ik benauwd moet beginnen weg te slikken, lichaamsdelen lijken niet van mij te zijn, alsof ik een trekpop ben, mijn hoofd en ledematen aan draden, buiten mij om bestuurd. Mijn arm schiet onbeheersbaar uit en raakt Mieneke Kalckbrander buiten mijn bedoeling tamelijk hard ergens tegen haar tuinbroek, ik zou me ervoor moeten verontschuldigen, ware het niet dat ik na al mijn toespraken voordrachten lezingen predikingen colleges het spreken heb afgezworen sedert mijn emeritaat, ik richt tot niemand meer welk woord dan ook en nu ik er opeens aan denk: waarom zie ik Herman nog zo weinig. Ze geeft geschrokken een schreeuw, djiezes man, brengt ze uit, man uitgesproken als men. Zich masserend op de plek waar mijn lel haar heeft getroffen, stoot ze het emmertje om, potloden kletteren over de vloer, overal heen, weer djiezes. Ben je terug onder de mensen? Ik vroeg me namelijk af wat dit tussen je kleurtjes doet. Een op meerdere plaatsen geknakte, maar nog aan elkaar hangende sigaret, geklemd in mijn puntenslijper, die ik meteen herken, alsof is geprobeerd een punt aan de sigaret te slijpen, wie haalt nu zoiets in zijn klutshoofd, in plaats van houtslijpsel kronkelt er tabak vermengd met snippertjes vloei uit de slijper, het mesje is eruit, het ding functioneert niet meer, de sigaret is er zo diep en stevig in gefrommeld dat hij erin blijft vastzitten en de slijper er als een klepel onder bungelt, Mieneke Kalckbrander laat het constructietje tussen haar duim en wijsvinger heen en weer slingeren, bim bam, tot de sigaret, wat ervan over is, middendoor scheurt, het restant blijft in de slijper achter al is het geen slijper meer, een sigaret ook niet, wat zonde van die sigaret, de rommel valt tussen de rimpels in het dekbed. Wou jij gezellig stiekem met je potloodpuntertje sigaretje paffen waar en wanneer het niet mag, you naughty naughty? Die hand van haar weer. Op mijn bovenbeen weer. Ze laat hem met een klap waarvan ik opveer neerkomen, of ze me mijn mep met dezelfde kracht betaald wil zetten, maar veegt er een aai achteraan richting mijn lies waarvan ik andermaal opveer. De rechtergalg van de tuinbroek zakt langs haar schouder omlaag, ze brengt het in orde met haar andere hand, waarmee ze het resterende topje van de sigaret is blijven vastknijpen en verkruimelen, zodat er tabaksvezeltjes en papiersliertjes achterblijven tot in haar haar. Dit alles bij elkaar vult slechts enkele seconden, waarin deductief Herman door mijn brein is geflitst, mijn sigarettenaanleveraar, waar blijf je, stottervriend, is ook jou misschien iets overkomen zoals mij en hebben ze ook jou in een asiel gestopt en kan je me daarom niet meer komen bezoeken, die andere, verschrikkelijker mogelijke reden van zijn almaar langere absentie wil ik niet tot me toelaten, wir sind durch Not und Freude gegangen Hand in Hand, vom Wandern ruhen wir beide nun überm stillen Land, aber hoe kom ik nu nog aan rookwaar om van af te kikkeren. Een sigaret in een puntenslijper, wie kan zich daarmee, en met welk doel, bezig hebben gehouden. Ikzelf? Uitgesloten, een van mijn laatste fumostengels door zulke onzin te verkwisten, alhoewel nochtans niettegenstaande vermits, in ieder geval herinner ik me niet me aan dergelijke dwaasheid, die ten koste zou gaan van tal van zinvollere aangelegenheden, te hebben gewijd, juist aan mijn geheugen mankeert niets. Ik was de slijper kwijt, dat weet ik nog en dat die meesurfer met zijn zwarte glazen hem had geconfisqueerd, Treurink genaamd, nee Teuseling, Teupzig, iets met eu en i en een T van voor geloof ik, met namen onthouden begin ik wat moeite te krijgen en met huisnummers en jaargetallen en Latijnse nomenclatuursels van planten en insecten, maar verder is mijn geheugen zowat het enige aan mijn persoon wat nog bruikbaar intact is, durf ik gerust te zeggen naar waarheid, wat ik niet allemaal onthoud uitroepteken. Toen moet die eu, getergd door het jeukende eczeem der wroeging over zijn onrechtmatige toe-eigening van andermans, te weten mijn, bezit, de slijper stilletjes in het emmertje hebben gedeponeerd, waar ikzelf het ding nooit heb opgeborgen, het nuttige voorwerpje, dagelijks, ook wel meerdere malen daags, gebruikt, lag altijd daar, rechts boven mijn manuscripten, waar ik het blindelings kan pakken als ik het nodig heb, want ik weet dat het daar ligt, zoals in mijn bestaan alle dingen altijd vaste plaatsen bekleden daar vastigheid, gedisciplineerde ordening en zekerheden stringent door mij worden betracht, ik heb daar diploma's van. Thuis puntte ik mijn potloden weleens aan met een mes, maar dat hebben ze eveneens van me gestolen. Een ander slot op mijn voordeur aangebracht hebben ze ook. Je had er ook met je mond een punt aan kunnen zuigen, ginnegapt Mieneke Kalckbrander ondeugend. Opnieuw verwijder ik haar hand van mijn lichaam. Ga toch heen, dwaze vrouw met je dubbelzinnige schuinspraak en laat me mijn eigen gedachten, mijn blikken geweid in het rustieke landschap aan gene zijde van het vensterglas. Ik voel me beangst, beprangd, verontrust, er is iets begonnen te gebeuren en ik kan er niet meer bij, bij de dingen, alsof ik ben gekrompen en destijds zo groot was. U had gebeld, meneer Busken? Suzan met de flosj. Ik ben doof en hoor haar dus niet. Onverstoord blijf ik voor me uit naar buiten kijken, zon afgewisseld met geen zon, het laatste meer dan het eerste. Ik heb niet gebeld, ik bel nooit, ik zou door te bellen te kennen geven dat ik iemand nodig heb, ik heb niemand nodig. O hemeltje gossie, wat is hier gebeurd. Ik heb gebeld, zegt Mieneke Kalckbrander. U op de kamer van meneer Busken, mevrouw Kalckbrander? Dat moet zijn in de kamer, meiske, niet op, dat is een foutieve manier van zeggen. Dat vindt hij prettig als iemand hem gezelschap houdt, hoor ik Mieneke Kalckbrander flagrant liegen. Waar haalt ze het vandaan, de soepkip. Ze spreekt over mij als hij. Wie ben ik, ik ben hij. Hij heeft zijn potloden laten vallen, rapporteert ze erachteraan, en hij kan niet uit die stoel om ze op te rapen en ik buk ook niet zo makkelijk meer, hij zocht zijn puntenslijper hij moest zijn puntenslijper hebben om aan sommige potloden een nieuwe punt te slijpen maar hij beweegt te wild om zich heen met zijn armen hè. Opnieuw kijk ik van bovenaf neer op Suzans over haar schedel gedrapeerde haarvlecht, zoals ze zich gehurkt over de balatumcirkeltjes voortbeweegt. Enige keren ontsluit ze haar vuist om opgeraapte potloden op het bed te laten ratelen als mikadostokjes van ongelijke lengte, wat mij verontwaardigd met verdrietelijks vervult, potloden en verder alles wat geëigend is om te schrijven of te kleuren dient met respect en egard te worden behandeld, zo luidt mijn heiligste opvatting, herhaalde malen herhaald in mijn wekelijkse column. U moet proberen rustig te ademen, spreekt Suzan mij toe. Niet zo lang geleden was ze nog een man die zich heeft laten omgenderen tot deze persoon met vlecht en flosj als remplaçanten van de voorhene sieraden des mans die ze heeft gedragen en waarvan ze zich heeft doen ontdoen. Dat is iets van de laatste jaren, dat dat zo kan worden gearrangeerd. Ik denk opeens aan mijn moeder, terwijl ik nooit aan mijn moeder denk. Ze wilde geen kind, toen ik er eenmaal was, vond ze dat ik vanonder een gleuf had moeten hebben in plaats van een tuitje, geef me de schaar eens, zei ze, dan knip ik het eraf. In mijn gedenkschriften kan men lezen dat ik tot halverwege mijn achtste levensjaar jurkjes en pijpenkrullen heb gedragen. Hij zit de hele tijd al zo te hyperhijgen en hij kan zijn lichaam niet stilhouden, verklaart Mieneke Kalckbrander. Dat hijgen komt door het roken, poneert Suzan. Vroeger heette ze misschien Geurtjan. Met al dat schokken put hij zijn eigen uit en daar hebtie geen genoeg adem voor. Zulk achteloos slordig taalgebruik, gelukkig hoor ik niets. Je hoeft helemaal niet je eigen geslachtsdeel weg te doen als je als man een vrouw wil zijn of als vrouw een man. Babet legt het ons mannen, Herman en ik zenden elkaar verstolen knipogen toe, nog eens geduldig uit. Dan trek je als vrouw gewoon mannenkleren aan, gewoon een pantalon en een stropdas, en als man een leuke rok of zo en een topje en een handtas. Niemand ziet wat je eronder vanonder hebt, dan ben je een transvertiet. Stuk verdriet, rijm ik melig. Weet je wat jij bent, briest Babet, jij bent een seskist, dat is wat jij bent, een seskist. Wat zou Suzan onder of in die unisekskleren verborgen houden, laat me dat eens zien, schat, ik vind alles mooi als het mooi is. Haal me hier toch weg, kom me toch halen per helikopter of schip of wat maar beschikbaar is, verander me in mist zodat ik via de raamkieren kan ontsnappen, maak me onzichtbaar, ik hoef er niet te zijn, het is nergens voor nodig dat ik er ben. Er hangt shag in uw haar of zoiets, mevrouw Kalckbrander, hoor ik Geurtjan zeggen, waar komt dat nou vandaan, ik begrijp het al, dit kan wel weg zeker? De verzorgende staat met de gefragmenteerde sigaret en de onbruikbare puntenslijper op de gestrekte handpalm. Loopt ermee weg. Klap. Het hatelijke metaalgeluid van de pedaalemmerdeksel. En zoals ze nu de potloden in het emmertje terugkeilt doet mijn gemoed ook al krimpen van leed en evenzeer ontvlammen van woede, alle kleuren zomaar wat door elkaar en klein tussen groot en punten naar boven, punten naar beneden. Ga toch weg iedereen en laat me. Als ik een mes had stak ik hier alles in brand. Op het hoofdkussen van mijn bed zie ik het fluitje liggen dat eerder dezer dagen uit mijn kleren is gevallen naar ik me uit blauwe verten geloof te herinneren, doordat Suzan haar wijsvinger op het kussen richt. Dat doosje, wat doet dat doosje daar, zit daar nog iets in, pillen, capsules, moet u uw medicatie nog nemen, meneer Busken? Meneer Busken? Hij is in gedachten, zegt Mieneke Kalckbrander, dan hoort hij niks. De zorgplegende bedoelt het doosje waar het fluitje half op, half in de scheefte tegenaan ligt. Op het doosje kleeft een apothekersetiket met het woord OxyTraQ, het zal de merknaam zijn van het spul dat er oorspronkelijk de inhoud van was. Langwerpig doosje in de vorm van een laatje in een kokertje, waarschijnlijk langwerpige doordrukstrips bevattend toen het nog een medicijndoosje was. Er zitten geen pillen in, er zitten sigaretten in, kwekt Mieneke Kalckbrander. Sigarets zegt ze in het quasi-Amerikaans, als je het zo uitspreekt wordt het anders gespeld. De flosj aan Suzans hoofd schudt op en neer heen en weer bij wijze van vinnige afkeuring. Zo word ik geen honderd, ik weet het, hou je mond er maar over dicht, ik streef het behalen van deze leeftijd niet na, voor mij is het heus vandaag al voldoende welletjes, hoe oud ben ik intussen niettemin eigenlijk toch al wel geworden, vandaar mijn constante beveritis. Hoe laat is het. Ik moet de bus zien te halen voor de begrafenis van Herman die moet worden begraven want wie niet wordt begraven is gedoemd om honderd jaar als levende dode te dwalen over de oevers van de Cocytus, de Rivier van het Geweeklaag, dus kan je beter wel worden begraven. Ik gris het doosje naar me toe en berg het ergens in mijn kleren, het fluitje laat ik liggen, geen idee wat ik met zo'n fluitje aan moet. Voor als u uweetwel, steek het toch ook maar bij u, zegt het verzorgend personage, ongewis van sekse omdat ik er de benen niet van zie. Moet u plassen, meneer Busken? Meneer Busken? Moet u plassen? Hij zit de hele tijd al zo, bericht Mieneke Kalckbrander, de hele tijd al daar met zijn hand. Zit de pamper misschien niet goed, zal ik eens kijken, misschien is er iets vervelends met de pamper. Geurtjan buigt zich naar me over en steekt haar jatten al naar me uit, met blikken en additionele lichaamstekens maak ik haar diets dat hij me met rust moet laten. De incontinentieknoedel blijft geenszins onaangenaam vanonder tegen mijn geslachtje drukken, door er vanboven mijn trillende hand op te leggen veroorzaak ik met de combinatie van beide aanrakingen het gewaarwordinkje als van een erectie-impulsje, ach nu ja, laat deze bejaarde zijn illusietje, het is heimwee, ga toch weg iedereen. Het doosje is op mijn bed gedeponeerd door de persoon die mij het meest recent heeft uitgekleed en het in mijn eerdere kleren zal hebben aangetroffen. Ik leg uw spulletjes hier op het kussen, meneer Busken, ziet u wel, het fluitje ook, ziet u wel, kan u het straks allemaal weer bij u steken, hoeft u er niet eerst naar te zoeken tot u een ons weegt. Alsof ik achterlijk ben. En mij met roepstem meegedeeld. Denkt zeker dat ik doof ben. Nu ik het doosje weer in bezit heb, steekt het loeiende verlangen naar een sigaret weer op, de extreme hunker, de intense, de dwingende behoefte. Ik verweer me tegen Suzan, ze wil me betasten, mijn kruis, zogenaamd om vast te stellen of aldaar de luier naar behoren is bevestigd, echter naar waarheid, mij hoeft men dienaangaande niets te vertellen, brandend belangstellend naar de dirigeerstaf die ik daar bewaar. Veni Creator. Die vrouwtjes zijn allemaal hetzelfde. U moet mij niet slaan, spreekt Geurtjan. Mieneke Kalckbrander moeit zich er weer tussen: Mij gaf hij zonet ook een opdoffer, bedoelde hij niet zo, slaan uit kwaaiigheid doet hij niet, is hij te goeiig voor en is nooit kwaad, zijn armen en handen zwaaien gewoon overal heen als hij ze niet ergens aan vasthoudt, hou je maar stevig vast aan de leuningen van je stoel. Ga toch weg iedereen. Ik ben een vulkaan van kwaadheid, ik spuw vuur van woede, eerdaags ga ik verwoestend rond met mijn mes en moordwapens en breek ik hier de hele boel af. Sigaretten en witte drank uit ijskoude flessen, beide in oeverloze hoeveelheid, en niemand om me heen, dan schrijf ik mijn beste werk. Behalve de koekoek en de griet, die leggen in de meimaand niet. Het zit goed op zijn plaats zoals het hoort zo te voelen toch? Ter weerszijden op heuphoogte veegt Suzan zijn handen af aan de gendervrije overall, aan mij voelen is niet zonder risico op infectieziekten en gezwellen, ze had er geen plastic handschoenen bij aan, dat lijkt me een overtreding. Bij zijn knie begint met onmelodisch gerucht een toestelletje te krakelen. Het ding tegen haar oor zegt hij verschillende keren ja en bergt het weer op. Tegen mij en Mieneke Kalckbrander: Heb het nog gezellig saampjes, ik moet nu verder hoor. Het zal toch wel doorgaan? zeurt Mieneke Kalckbrander. Wat doorgaan? De barbecue. Natuurlijk gaat die door, waarom niet. Het is zo aan het betrekken. Het blijft droog zegt de radio en de temperatuur blijft aangenaam, de zon komt wel weer terug. Ik zou wel een sateetje lusten, of twee. Ik ook wel hoor. De conversatie vindt plaats met Mieneke Kalckbrander in de deuropening, het verzorgend personeelslid verwijdert zich de gang in. Het emmertje met de potloden zal hopelijk wel zijn teruggezet op de plaats waar het hoort. Ik ben gehecht aan zekerheden en dat alles op zijn plaats blijft en dat er niets verandert waar ik aan gewend ben. Zonder zekerheden is het of je in een boek bent verdiept en opeens blijken er bladzijden te zijn uit gescheurd of tekstgedeelten onder zwarte balken ontoegankelijk gemaakt.

... exact duidelijk wie hier een man en wie een vrouw is, wat men kan zien aan de klederdrachten en hoe die aan de lichamen zijn bevestigd. Hier zijn de lichamen niet eender gekleed in uniformen zoals gewone zorgkundigen binnen de muren van het detentiecentrum. Hier bevinden wij ons extra muros, buiten de muren dus, ik sprak Latijn met vijf achtereenvolgende pausen wanneer ik in de loop van mijn boeiend gevarieerde bestaan nu en dan weer eens in het Vaticaan moest zijn. Dit is de hortus extra muros, de tuin, weliswaar buiten de muren van het gebouw, maar dan wel nog altijd binnen die van het gestichtsterrein. Buiten de muren erbinnen, geen ontsnappen aan, tenzij misschien ooit met een touwladder aan een helikopter. Wie bedoel ik met wij, waar ik, cliënt E. Busken, zelf ook deel van uitmaak. Daar bedoel ik iedereen mee, de hele bende, de ganse bups, het menselijke aanspoelsel dat het verzorgingstehuis bevolkt, de genderfluïde pleegzorgenden en de hogeren in rang en stand: de grootmongolen, correctie grootmogols van psycho- en psychiawetenschap en artsenijkunde, dan de therapeutenden, die van maan en woens en die van dins en donder, en ook gene mij vaag bekende, vaag herinnerde ziekenhuiskerkpastoor, naam kwijt, groetend of zegenend steekt deze zijn hand naar me op, maar gelukkig is mijn gezichtsvermogen de laatste tijd ernstig achteruitgegaan, zodat ik het niet zie, in zijn andere hand een naar zijn mond geheven bekertje van wit geribbeld plastic. Vandaag moet een bijzondere dag zijn, dat is aan alles te merken, is dit echter een hedenvandaag of een vandaag van gisteren of vorige week of moet misschien dit vandaag verderop in het snoer der data nog aanbreken, ik bevind me terzijde van tijdbesef sedert ik hier in gijzeling word gehouden. Het mannelijk deel van het tegader gestroomde gezelschap draagt een broek, daaraan is te zien dat men te doen heeft met mannen. Aan broekdragende vrouwen is doorgaans te zien dat ze vrouwen zijn, daar ze vanboven vrouwengoederen en -dingen blijven prefereren, de bloes van vrouwensnit, een broche, een halsketting van nepparels kralen schelpjes, de gebreide jumper in een vrouwenkleur en vanonder van die schoenen waar een beetje man niet op kan lopen maar vrouwen wel. Ikzelf droeg zulke soms toch ook als ik vestimentair een vrouw wilde zijn, toiletje van Yves Saint Laurent, benen geschoren als mijn kaken, nylons, soms netkousen, plakborstjes, pruik, ik bezat een halflange steile blonde en een zwarte zachtgegolfde tot mijn schouders, op dergelijke schoenen zwikte ik door mijn enkels als ik me niet continu bleef concentreren op hoe ik moest staan en lopen om niet te vallen. De kerels keken en floten me na op straat, ik had als vrouw ook sjans bij vrouwen, het is lang geleden, alles heimwee, daar lijd ik aan. Al die spullen heb ik bewaard in de kast in het gangetje naar de badkamer. Van Mieneke Kalckbrander op haar sandaaltjes, verschillendtintige blauwe sokjes aan, en in dat tuingeval, broek met Popeyepijpen en bovenstuk aaneen, weet iedereen dat ze Mieneke Kalckbrander is, zijnde een vrouw, zonder bijkomende vraagstelling of ze wellicht toch een man kan zijn, zoals kan worden gedacht van bepaalde zorg- of pleegverlenenden van wie wegens hun uniforme kledij niet onmiddellijk met kans op zekerheid kan worden verondersteld tot welke mensgroep ze behoren of willen behoren. Bij bijen en vlinders, kortom insecten in het algemeen, en bij vogels en vissen in het algemeen is, als men er geen verstand van en kijk op heeft, geslachtelijk onderscheid bij eerste waarneming evenmin vast te stellen, hetgeen deze diersoorten gemeen hebben met roomse geestelijken in hun habijten pijen kazuifels en boerka's. Toen ik hem in zijn roomse functie bezig zag in Stee van Stilte was de mij groetende gevulde koek uitgedost in tot zijn voeten reikende vrouwengewaden, waarin een man zich niet gemakkelijk in het openbaar op straat zal vertonen, terwijl hij hier in de tuin, waar het naar gerookt en gegrild voedsel begint te ruiken, is gekleed in een alledaags confectiemannenkotspak, zeven lettergrepen, met een horizontale witte boord tegen de luchtpijp en een zilveren kruisje op de rechterlapel. Ook is het hoogstwaarschijnlijk dat hij tot de mannelijke soort behoort omdat in de roomse liturgie vrouwen geen functie wordt toebedeeld, terecht, daar niet van, hoewel er ooit een paus is geweest die tijdens de processie van een kind beviel, er zijn geen zekerheden meer, sedert deze tegenkantige gebeurtenis dient iedere nieuwverkozen opperbaas der kerk van Christus het zaligmakende allereerst plaats te nemen op een stoel met een gat in de zitting, waarna de hoogste kardinaal eronder kruipt, kijkt en voelt om vervolgens luide te kunnen bevestigen dat de uitverkorene wel degelijk testiculos bezit, te weten twee, en dat ze er netjes bij hangen. Ongebruikelijk is om bij kennismaking met onbekenden van dezen de benedenromp te betasten teneinde zich op de hoogte te stellen van het daar aanwezige orgaan, al betekent dit in het huidige tijdsgewricht geen eenduidig uitsluitsel over de feiten. Busken, bepáál je, zo spreek ik mezelf toe, mijn gedachten drijven weer klotsend en botsend door elkaar in het rond, niettegenstaande het gegeven dat ik een gedisciplineerde denker ben, altijd geweest. Mieneke Kalckbrander heeft me in de rolstoel door de zijdeur van de zogenaamde huiskamer de tuin in gerold, waar eenieder gehuld in overzichtelijke kledij tezaam is gedromd in de geuren en de te luide klanken van dweilmuziek. Gezellig, ik neem je gewoon gezellig mee om te genieten in plaats van dat je hier zo voor je uit zit te somberen, buiten een sigaretje roken toch, heb je ze bij je, kom, niet zo buskenboemselen, gezellig. Met deze infinitief, gecombineerd met de naam op de deur van de mij in dit instituut toegewezen cel, beschreef ze denkelijk de spasmen van mijn armen benen hoofd, bewegingen ter adstructie van mijn weerzin en protest, ik betrok er ook mijn ogen bij door er woedende salvo's mee op haar te richten, die alle doel misten, handen af van mij, albedillerig wijf, had me voor mijn uitzicht laten zitten, starend, met of zonder gedachten, al is dit laatste nimmer het geval, er zijn altijd gedachten, ik bedoel gedachten zonder aan iets te denken, wat bedoel ik nu eigenlijk. Ik protesteer met gromgeluiden en kan dat met dezelfde uitwerking ook nalaten, zelf zich met behoedzame pasjes verplaatsend en overeind houdend aan mijn rijmeubel rolde ze me naar waar ik niet wilde zijn. Opzij opzij, hier komen wij. De zon is weg, met dien verstande dat ze aanwezig is gebleven met warmte, broeierig, maar zonder nog te schijnen. Die met die hoed, waarmee hij koelte in zijn gezicht staat te waaien, is een schunnige huisarts met een strookje over zijn ogen in de krant waar Babet haar tanden op legde, hoe heet hij ook weer, namen ontglippen me nogal eens sedert ik hier word gekneveld en monddood gemaakt en ze mijn potloodslijper hebben ontvreemd, zo haal je de honderd niet. Ha, daar is meneertje Busken, onze intellectueel. Het mens met de Brielse kanonkogels, deze feestmiddag zonder bril, zodat ik twee keer moet kijken voordat tot me doordringt wie me op dergelijke wijze aanduidt. Ik een meneertje, ik? Ik besluit haar niet te zien, al zie ik dat het bloesding dat ze aanheeft zo breed is geopend dat de vochtige kloof tussen haar borstbollen zichtbaar is als een boerensloot. Al helemaal in feeststemming? vraagt ze, hoewel ze toch weet wat mijn makke is en ik haar dus niet versta. In feeststemming, ik? Gezellig genieten? Ik wil naar huis. Haal me hier weg. Ik ben niet opgewassen tegen dit benauwende weer, een aanslag op mijn adem, ik moet me bedaard houden, zo bedaard mogelijk, ik zou niet moeten bewegen, maar ik beweeg, ongewild en zonder er een einde aan te kunnen stellen, van kruin tot knie en van knie tot teen, bis knie tot teen, dit geschok en geschuif vergt adem, ik weet soms niet waar ik de lucht vandaan kan halen. In haar gezelschap, in een kringetje bij elkaar, staan gezagdragenden en leidinggevenden, voor wie ik achting noch sympathie gevoel, al hebben ze allen hun gezichten, allen met milde grijns, in onze richting gedraaid, mij en Mieneke Kalckbrander knikken ze toe met ogenschijnlijke, zij het arrogante vriendelijkheid. Wat aardig van u, mevrouw Kalckbrander, dat u zich over meneer Busken ontfermt, zegt er een. Ik ken ze allemaal, maar hun namen, hun namen, ik ben verstrooid door het op mij aanstormende onbehagen, al die mensen, al dat geluid en de warmte die ook mij, net als iedereen op deze grasvlakte, het zweet uit de poriën zuigt, ik voel het biggelen langs mijn vel. Mieneke Kalckbrander: Ik doe het graag voor mijn vriendje, hoor Ritsjert. Ik haar vriendje? Hoor ik daar de wolken scheuren van helikoptergedaver ten teken dat ik binnen het kwartier zal worden bevrijd alstublieft? De namen bij sommige gezichten sijpelen me langzaam weer te binnen. Dat is Richard ja, aan te spreken met Risjaar, Mieneke Kalckbrander doet het op haar Hollywoods. Richard steekt met een bemoedigend gebaar zijn vuist naar haar op, naar haar en mij geloof ik, maar ik wens het me te laten ontgaan, naar hem terugglimlachen doe ik ook niet, in die vuist draait hij niet zijn bril in het rond, die bevindt zich opgevouwen deels zichtbaar in het bovenzakje links op zijn tors, de plaats waar ik me er bij mezelf van vergewis, voor de zoveelste keer, dat ik het medicijndoosje met de sigaretten wel degelijk bij me heb gestoken, jawel gewis gelukkig, ik smacht naar teer in mijn longen. Van de meningokok met dat overdreven bustewerk staat me de naam, met een a aan het eind, ook weer voor de geest, maar ik veeg hem meteen van het schoolbord. Ik verheel niet en herhaal maar eens dat zulke vrouwenborsten me verontrusten. Voor zover ik überhaupt vrouwenborsten aantrekkelijk vind, gaat mijn voorkeur uit naar kleine, ook weer niet te klein en de tepel moet zichtbaar zijn als een erop vastgenaaid knoopje en niet in de heuveling der uier zijn weggezakt. Men vraagt mij weleens of mijn bellettristische letteren autobiografisch zijn, vooral vrouwen zijn daar belangstellend naar. Ik zeg altijd ja, kan mij het schelen, mijn ogen gericht in de hare die me ernaar vraagt en niet naar haar geboezemte, want dat acht ik niet kies en beleefd. Als je nee zegt, doorgaans de waarheid, klinkt dat hypocrietelijk afhoudend vanuit zekere gênegevoelens welke mij vreemd zijn, kan mij het schelen. Alles puur zelfbeschrijving bij mangel aan verbeeldingskracht, waardoor ik niet in staat ben dingen te verzinnen, ik ben van huis uit bèta. Er zijn trouwens ook vrouwen met mannenborsten, niet als vrouwenborsten tot wasdom gekomen, als ik zulke nog het meeste preferabel vind, waar ik niet ten absoluutste zeker van ben, het hangt van de afzonderlijke vrouw af, zou het te maken kunnen hebben met Rorschach in mijn verste oerverleden, iets in mijn emotionele belevingswereld, harmonische ontwikkeling en zulk soort aangelegenheden, weet ik veel, daar zouden ze hier verstand van hebben naar wordt beweerd. Als u aan uw moeder denkt, wat voelt u dan in uw binnenste. Ik denk nooit aan mijn moeder. Geniet nu toch eens, roept Mieneke Kalckbrander in mijn rechter, dit is mijn doofste, oor, het is hier toch hartstikke en met die muziek en hoe dat het ruikt heerlijk en iedereen vrolijk en zo het lijkt wel koopavond. Hallohoo, Carlijne, gezellig hè, je bloost helemaal. Voortdurend groet ze medebewoners alzheimers dementen asperges parkinsons autisten getikten ontwrichten gestoorden, die haar soms teruggroeten en over mijn hoofd heen een praatje met haar beginnen, dat ik hijgend me verbijtend moet aanhoren als het gegorgel gekolk geroffel van brak water waarin ik help haal me hier uit ik verdrink, mijn laatste wens is een sigaret, twee sigaretten, diep door mijn longen, ik hijg gewoon door alles heen. Tegenover de onbedekte soldatenknieën van

Carola in haar pervers strakke roze korte rokje bevindt zich der goden god dezes goelag, van wiens bedunken, opgedaan door meesurfen, het afhangt of dat je voor je eigen welbevinden hier wordt opgesloten, dan wel ergens boerderijdieren mag verzorgen en aardappelen rooien, of mag helpen meubelmaken als je goed kan figuurzagen, nuttig bezig zijn is de beste therapie, Heuvelaar, Beukstein, Peukeling, iets met eu in hoe hij heet, ik kom er nog wel op, het zich verstoppende licht veroorzaakt een diepere floers in de donkere glazen op zijn gezicht die hem de kop van een gifslang lijken te geven, aan de binnenkant van die glazen plakt een vlies van damp, hij zweet, iedereen zweet, hij staat zijn snuit te wissen met een doorweekte zakdoek, terwijl er voldoende papieren servetten beschikbaar zijn, het gras ligt ermee bezaaid, er waaien er door de lucht in de bij vlagen aantrekkende, geen verkoeling biedende woestijnwind. Altijd belangstelling voor brillen gehad. Tante Marie droeg binnenshuis geen bril, maar als ze de straat op ging zette ze er een op met melkglas voor haar kunstoog en vensterglas voor het andere, waarmee ze gewoon kon zien. Die bril lag in het overloopje achter de voordeur op het plankje onder het spiegeltje en de kleerborstel, later op de schouw boven de vulhaard. Twee keer ontstond er opeens een barst dwars door het melkglas, de ene keer volgens oom Jan doordat het in het overloopje zo koud was dat het er bijna vroor als buiten, toen vroor het nog des winters, de tweede keer doordat de fok niet tegen de opstijgende hitte van de kachel kon, hij zei altijd fok, nooit bril. Zo weet ik van de invloed van warm en koud op brillenglazen. Ikzelf behoef geen bril, ik ben een scherp waarnemer, ik heb ook geen horloge, omdat ik nooit hoef te weten hoe laat het is. Hoe laat zou het nu zijn. En naast eu staat in overhemd met open boord en tot boven de ellebogen opgerolde mouwen dat joch van Calvé, Freddy, het bekertje in zijn hand is een bekertje, niet een pot pindakaas, haha, ik ben een humorist hoor, daar sta ik om bekend, ik moet er echter voor in de juiste stemming zijn, wat momenteel niet het geval is, al erken ik dat er van verderop, waar Mieneke Kalckbrander me over het korte gras naartoe boldert, goede geuren komen aangedreven, met zijn andere hand houdt hij het bekertje afgedekt tegen de bijen, die het op de inhoud ervan hebben gemunt. Zijn romp en benen zijn in een lange broek gestoken, die kan uitwijzen dat hij waarschijnlijk inderdaad van mannelijke kunne is, een sedert kort volwassen jongen, zo op het oog. Nu ik hem bekijk terwijl hij niet in zijn Mondriaankantoortje achter zijn bureau zit maar staat en hij zich staande beweegt, wordt mijn aandachtige belangstelling geraakt door sommige van zijn willekeurige bewegingen, hoe hij zijn gezicht naar boven wendt en er zijn hoofd bij heen en weer wiegt, hoe hij zijn voeten verplaatst en ze soms beurtelings over elkaar heen naast elkaar zet en weer in vorige positie terugplaatst, hoe hij zijn hand als hij er geen insecten mee verjaagt naar zijn hals brengt, daar bevindt zich een violet vlekje dat hij lijkt flirterig te willen tonen als een tache de beauté, waarbij hij met zijn lippen vaneen glimlacht. Opeens wordt hij vanachter stormachtig benaderd door een pleegzorgende van zo te zien vrouwelijk gender, plusminus zo oud-jong als hij, in plaats van het gestichtstenue draagt ook zij net als Carola een knievrij rokje, ze heeft mooiere benen, ik zie haar meerdere keren daags als ze wel is gekleed in de instituutsoutfit, maar we hebben niets met elkaar uitstaans, ze hoort bij een andere cliëntenafdeling. Onzacht botst ze tegen Freddy's rug op, die uit evenwicht raakt en morst, en slaat haar armen strak rond zijn lijf, koekoek wie ben ik, roept ze, er is een kinderspelletje dat zo heet. Ze probeert iets in zijn mond te wringen, dat lukt niet, ze stopt het in haar eigen mond, kauwend omvat ze Freddy's schouders en draait hem bruusk naar zich toe. Is hij eerder jonkvrouwelijk van attitude, de hare is wildebrassig als een jongenspuber, ze kunnen evengoed per transitie wisselgenderen, zij met zijn orgaan in zijn broek en hij met haar orgaan en als hij zijn benen scheert in haar rokje. Busken

Busken! Ik droom soms dingen die anderen niet dromen. Leuk stel, hoor ik Mieneke Kalckbrander boven mijn achterhoofd zeggen. Kaat is een leuke meid, vind ik ook, lief ook, hem ken ik niet zo goed, reageert iemand die kennelijk, ongezien door mij, met haar meehobbelt, te oordelen naar het stemgeluid een vrouw, bejaard, een oude stem met groefjes en barstjes, ze spreekt langzaam als een kind, zoals men, naar wordt gezegd, opnieuw kind wordt als bij ouderdom het levenseinde nadert. Het gros der hier ingezetenen bestaat uit kinds brabbelende kleuters en peuters in de derde leeftijd. Mijn eigen stem heb ik niet meer gehoord sedert ik weiger te spreken, maar ongetwijfeld klinkt die nog als bronzen klokken boven een stad op een gristelijke feestdag als Pinksteren, niet voor niets werd ik veelvuldig uitgenodigd om te spreken, dat vond zijn reden in de aangename welluidendheid van mijn stemklank, nog afgezien van het hoogwaardigs dat ik ermee kwam betogen. Hij is ook heus wel, klinkt Mieneke Kalckbrander, alleen nou ja, ik vind hem een beetje tja. De andere stem doorsnijdt die van Mieneke Kalckbrander: Vind ik ook, hij kan soms, anders wel een knap ventje toch, vind jij toch ook? Sure, zegt de mij bekendere stem, hij heeft iets weg van Clark Gable toen die nog jong was, die heb ik namelijk goed gekend, Clark Gable, heb ik je dat nooit verteld, weet je wie er dood is? Kaat heeft

Freddy's pols gepakt, waar de hand met het bekertje aan vastzit, ze neemt een teugje uit het plastic en sproeit het met gesloten mond meteen weer uit, gàdverdàmme!, ze slaat haar verloofde het drinkgerei joelend uit de hand, wat er nog in zat spat tegen zijn broekspijpen en op zijn schoenen, kijk nu wat je dóét! Met de nu lege hand dient hij haar speels een zachte stomp toe, beiden lachend in elkaar toegedragen liefde, duidelijk nog pas in het verliefdheidsstadium, dus er zal nog wel van alles in de derrie draaien, waarvan Kaat misschien uit het bekertje de smaak al heeft voorgeproefd en die nu in spetters tegen Freddy's benen plakt. Waarom is er nu geen zon, wel puffesnikheet, maar zonder zon. De persoon die nadert maar goddank voorbijloopt is die met het scheelgele oranje gestreepte jasje uit een onzer slavernijkoloniën. Nooit zwart zeggen. Vanmorgen zag het er nog zo mooi uit, zonnetje, nog niet zo pufsnikstikheet en moet je nu zien, het gaat regenen, wat ik je brom. Welnee, spreekt dat andere type hem tegen, in wiens gezelschap ik hem zeer onlangs ook al heb waargenomen, op de televisie zeiden ze dat er pas na middernacht mogelijk in het oosten en zuidoosten van ons land van geringe neerslag sprake zou kunnen zijn in de vorm van slechts enkele drupjes en wij zitten hier in het midden meer naar het westen. Ach de televisie, kaatst jasje terug, roetveeg zeggen lijkt me ook niet gepast, dat klopt toch nooit wat ze daar leuteren over het weer en stikstof en politiek en zo en drugs. Dit zijn de gesprekken. Leerzaam ze te aanhoren. Gelukkig ben ik doof. Zie je straks nog wel, Mien, hoor ik achter me de kinds pratende vrouw, eerst naast, dan voor mijn rolstoel uit beweegt ze zich hompeldestrompel, gestut door een verstelbare metalen wandelstok. Je laat toch nog wel iets lekkers voor mij over, Chantal, roept Mieneke Kalckbrander haar na, voor ons, voor mij en onze artiest hier. Ik om mijn naam en faam en reputatie overal ter wereld behalve hier met mij verschuldigde hoogachting bejegend, wens bezwaar kenbaar te maken tegen een omschrijving van mijn aanwezigheid en status als zou ik een derderangs stoeptekenaar zijn, terwijl ik hoewel ik. Wie begrijpt mijn verontwaardigdheid en woede, wie mijn eenzaamheid. De Chantal geheten ouwe draak, haar gezicht als een gerimpelde peer, keert zich naar me om, ze roept: Natuurlijk blijft er nog van alles voor jou over manneke. Aangezeten heb ik aan diners en banketten met regeringsleiders, schrijvers, acteurs en prelaten. De hooggeboren zeergeleerde heer E. Busken Esq. Nog erger, ze buigt zich wankelend naar me over, waarbij ze bijna over me heen stuikt, om met haar beide dorre handen mijn altijd zorgvuldig gekamde haar in disorde te wrijven. Een aai over je boze bolletje hoor, zemelt ze, rustig maar hoor, je hijgt en beweegt zo de hele tijd, geen wonder dat je, je bent helemaal nat aan je hoofd. Mieneke Kalckbrander: Niet doen, daar houdt hij niet van als iemand aan hem zit, hij beweegt altijd zoals nu als hij niet op zijn gemak is, je kent hem toch, ik ken hem heel goed. Dit Chantalmens kent mij helemaal niet, zoals ik haar niet ken en niemand ken, maar doordat iedereen iedereen hier dag in dag uit door elkaar aan zich voorbij ziet drijven ontstaat het scheve idee dat iedereen iedereen kent, Mieneke Kalckbrander zoekt weliswaar dikwijls opdringerig mijn gezelschap, aangetrokken tot mijn aura van interessante tevens beminnelijke personaliteit, maar mij kennen, daarvan is geen sprake, en mijnerzijds doe ik geen moeite haar te kennen, kwakelkrankjorem als ze is zoals iedereen hier die ik niet wil kennen. Waarom zie ik Herman nooit meer. Zeven letters: sigaret. Die handen door mijn haar hebben geen bedaring in de slingerbeweging van mijn hoofd werkbesteld, gestellingwerkt, bewerkstelligd, ik raak doorschuddeld in de war te midden van al dit mij hier omringende volk, integraal bejaard en idioot, dat in de pas wordt gehouden door andersoortig idiotengespuis hier aanwezig, dat mij dwingt af te kikkeren van alles, zonder dat mij de zin, noodzaak, wenselijkheid of watdanook helder is, die handen aan mijn schedel, wil ik zeggen, lijken, integendeel het slingeren nog te hebben verhevigd als een in beweging gehouden luiklok, waarin de klepel, ding dong, steeds herhaalt: si ga ret. Drie syllaben. Ik snak naar een sigaret, ik heb er nog twee, een voor nu meteen en de tweede, de laatste, voor meteen erna in de hier zo genoemde rooksalon, een constructie van gegolfde ijzeren platen op palen, aan alle zijden toegang biedend aan regen, wind, hitte en vrieskou, waar men het genotmiddel alleen staande kan savoureren bij ontstentenis van zitaccommodatie, zij het dat gebruik van een rollator mogelijk is om erop te leunen, niet om er ontspannen zittend op plaats te nemen, naar ondervinding heeft uitgewezen, wat daarentegen weer wel kan, met de benen over elkaar indien men dit verkiest en ze niet met riemen aan het geraamte zijn verankerd, in een rolstoel, waarna men wordt geacht de opgerookte peuk met de hand of de voet door een rooster over een gat in de grond te mikken, niet op het rooster, of ernaast, maar erdoorheen, terwijl de peuk aandachtig dient te zijn gedoofd opdat hij de eerder in het gat gedumpte sigaretteneinden niet met smeulende vonken opnieuw doet ontbranden, waar emmers water bij te pas moeten komen om een einde te stellen aan de gevolgen van zulks, en er uit de aldus ontstane peukenpap een vettige, stinkende, donkerzwarte rook zich over de ruimte verspreidt alvorens ten hemel te waaien. Gewarrel en gedwarrel in mijn hersenpan. Daar wankelt van alles en kantelt om. Ik hoor mijn uitgever: Als ik me een opmerking mag veroorloven, mijn beste Busken, goede vriend, in alle bescheidenheid, ik ken mijn plaats, en met de beste bedoelingen, hou me ten goede en neem me niet kwalijk, maar als je je volzinnen nu eens minder vol maakte, korter, niet zo van hier naar daar en gindse verte en dan dit nog en dat nog en ten overvloede zus en zo ook nog erbovenop. Hier stootte hij, zijn woorden begeleidend met heftige gebaren, zijn glas om, bloedrode wijn over het weerloos witte damast. Het is waar, ik neig naar volle volte, het volste overvolle onverzadigbare uit zijn voegen barstende buiten zijn beddingen brekende overstromende met voeten tredende overschreeuwende overspannene. Misschien ben ik altijd geestesziek geweest en verblijf ik hier al vele eeuwen sedert ik de eierschalen heb verlaten die mij omsloten hielden als een harnas. Wat is dit nu weer voor onzin. Ik ben niet als een schildpad met een harnas uit een ei komen kruipen en ben nooit dement geweest. Dood ook niet, ik ben ook nooit dood geweest. Ik heb het aan mijn rug, dat wel, en als ik onverwacht, zonder dat ik erop bedacht ben, zonder mijn voorafgaandelijke instemming, door iemand word aangeraakt, zodat ik schrik, slaat die schrik als een brandende vuurpegel door mijn wervelkolom en schreeuw ik het uit van blauwe pijn en schudden en schokken mijn ledematen dermate dusdanig alsof ze van me af gaan vallen, maar gelukkig is het elastiek van spieren en pezen waarmee het allemaal aan me vast blijft zitten nog intact, al begint het rafelig en sleets te worden, ik behoor niet meer tot de jongsten moet men rekenen. Het maakt zo'n onrustige opgejaagde indruk, vult de uitgever aan, de lezer raakt buiten adem van dat proza van je. Het is waar, ik neig naar het ademloze onophoudelijke nooit eindigende voortdurende, wat en zoals ik schrijf is eeuwig en geheim, vandaar. Ze hebben me hier gek gemaakt, immers voordat ik hier onder geweld werd ingekwartierd was ik het nog geensdeels. Ik was een zeer gewaardeerde docent aan twee hogescholen voor creatief schrijven. Altijd dankbaar handgeklap en gebons op lessenaars na mijn nooit anders dan op eigen creatieve schrijfervaringen en -ondernemingen gegronde colleges. Leer mij schrijven ja. Niets tegen volzinnen als onvermoeibare langeafstandslopers. Ze kikkeren je hier net zo lang af tot je de staat van mafheid hebt bereikt, dingen gaat zien die er niet zijn, of wel aanwezige dingen ziet vertekend door scheelte die opeens binnenin voorlangs je ogen schuift, en dat je geluiden hoort die anderen niet horen, gepiep en gebonk met kleuren en vormen, en stemmen, dikwijls van doden, ook van doden die ik niet heb gekend, van eeuwen geleden en daar nog voor, kermend in nooit tevoren door mij vernomen talen en dialecten, dat is allemaal hier begonnen. Vroeger droeg ik ook nooit een onderbroek, terwijl ze me hier een luiergeval ombinden ter afdichting van de benedenste lichaamsholten, edele delen, die als uit- zowel als ingang kunnen fungeren. Zo'n homp papierderig textiel daar ter plaatse voelt niet onprettig aan, ben ik bereid te erkennen na mijn schaamte en weerzin terzijde te hebben gelaten, zolang het materiaal niet is doorsijpeld of besmeurd door suspecte vochten en substanties. Zodra u voelt dat u moet, meteen het fluitje, hè meneer Busken, dat geef ik u niet voor niets, u hoort best wat ik zeg, zodat er niet weer ongelukjes uweetwel. In zo'n fluitje is iets gemonteerd, een metalen kogeltje of iets anders, dat door blazen in het mondstuk in beweging wordt gebracht en zo in G grote terts het blik waarvan het fluitje is vervaardigd doet resoneren, dit weet niet iedereen. In dit type fluitje, vroeger door conducteurs gebruikt als de trein ging vertrekken, beste reizigers, dient met enige kracht adem te worden gestoten om iets tot werveling te bewegen, een erwt, een knikkertje, wil het geluid produceren. Er zijn hier kaninefaten die in de waan verkeren dat op van alles kan worden geblazen om er geluid aan te ontlokken, dat natuurlijk niet tot klinken wordt gebracht, sommigen van deze zitten urenlang met bolle wangen op hun duim te blazen, of op iets anders waar ze hun getuite lippen omheen klemmen en tot paarswordens toe lucht uit hun longen tegenop persen. Komt herders, speelt op uw feestschalmeien. Zo zie ik verderop, waar het barbecuegebeuren plaatsvindt, een der figuren van aan de dominotafel op een plastic vorkje of lepeltje staan blazen waar zijn ogen bij uitpuilen. Deze arme snuiter had zijn fluit verloren uit zijne mantelzak tieraldera, zak tieraldera, uit zijne mantelzak. De zak. Ik sla naar de handen van lijpe Chantal, die ze op mijn hoofd laat liggen alsof ze gebedsgenezeres is die kwade dampen uit mij komt verdrijven, duisterniswalm uit mijn brein. Blijf van mij af, zwakzinnige teef. Nou moe, jeemineetje, sorry hoor, krijt ze uit, haar teruggetrokken handen afschuddend of ze ze aan een brandende kachel heeft verschroeid. Mieneke Kalckbrander: Ja, dat zeg ik je toch. Bij mijn driftige armzwaai voel ik in het borstzakje van mijn overhemd het balletje in het fluitje meebewegen, ik hoor het zelfs, gezegend met het absolute gehoor als ik ben, tegen het omringende blik rollen en kaatsen, dit brengt al die gedachten en associaties aan het stromen, ik ben moe van dit levenslang ingespannen denken en van het formuleren dezer gedachten in uitgepuurde woordkunst en zinnen per strekkende meter. Ik hoef niet op het fluitje te blazen om het dienstverlenende pluimvee van welke gendersoort ook op zekere zich bij mij voordoende ingewandsaandrang te attenderen, ik denk aan het fluitje omdat het zich daar bevindt waar ik ook het doosje OxyTraQ heb gestoken, met daarin de twee laatste mij nog vergunde sigaretten voor de afkikkering definitief van kracht wordt. Uit protest daartegen, überhaupt tegen mijn internering, en als wraakmanifestatie zal ik zodra het zich aandient mezelf wellustig ledigen in de pamper. Hè meneer Busken nou toch weer. Fluitje? Wat voor fluitje, welk fluitje. O dat. Heb ik in de struiken gegooid. Dit zeg ik niet, omdat ik nooit iets zeg, maar ik zal het wel degelijk kwijt zijn, zorg ik voor, ik laat me niet nog langer koeioneren, betuttelen, als een alzheimofiel behandelen. Kom me toch alsjeblieft halen, haal me hier toch zo snel mogelijk vandaan. Ik zou een mes moeten hebben. In de rooksalon staan er al drie bij het peukenrooster te paffen. Twee vermolmende boomstronken, een met een tot naast zijn wangen uitstekende snor, allebei een sigaret, een vrouw, nog tamelijk jong en niettegenstaand nu al in dit rariteitenkabinet, een sprietig sigaartje, dat ze genietelijk onder haar neus heen en weer beweegt. Ik weet wie ze zijn zonder te weten wie ze zijn en niemand weet wie ik ben. Ze staan met hun ruggen naar elkaar, rook verzamelt zich tegen het ijzeren dak en drijft daar onder vandaan naar buiten, waar het wolkenwaarts vervliegt. De aanblik van dit laatste stemt me een kort moment melancholiekig, niet langer dan het duurt dat rook verdwijnt, niet zozeer deze rook van rookwaren, waar ik zo meteen die uit mijn eigen sigaretten en longen aan ga toevoegen, maar rook in het algemeen, die ook ginds zichtbaar is, opstijgend uit andere roosters, waarop vlezen liggen te schroeien. Door ouderdom en verstrooidheid, ik dien het spartelend te aanvaarden, verloopt mijn denken enigszins omslachtiger dan voorheen, ik denk ook almaar vaker dezelfde dingen, terwijl ik een snelle denker was, daar stond ik als informatietechnologicus om bekend, vroeg men mij om informatie, ik verschafte het techno en logisch ogenblikkelijk, rechttoe rechtaan, als het pijltje dat naar de schijf wordt gegooid, pal in het stierenoog, vijftig punten, hoe vaak ben ik bij kampioenschappen niet als winnaar uit de bus gekomen en gehuldigd. Dat wordt zo gezegd: als winnaar uit de bus. Zou ik dement aan het worden zijn, dat woord valt hier nogal eens, gebezigd door de zielenprakkers daar op een kluitje, er wordt aftakeling van het denkvermogen mee aangeduid, ik kan mijn hoofd niet stilhouden, mijn handen ook niet. Rook kolkt rond in mijn denkruimte, mijn gedachten verdampen in rook, ikzelf ben rook en wat was mijn zo langzamerhand goddank wel voorbije leven anders dan rook, de schaduw van rook, deze langsscherende overpeinzing is de oorzaak van mijn melancholiekje, ik moet hier niet op doorgaan. Weet je wel dat je verschillende kousjes aanhebt, niet dezelfde? Ja natuurlijk weet ik dat, wat dacht je. O, nou ja, beetje ongewoon, ik dacht nou ja. Dat ik even gekukeld ben als jij, dacht je dat, hoef je niet bang voor te zijn. Misschien lagen ze niet kleur bij kleur in je kast en had je dat niet gezien, dat kan toch, ik dacht goh ik vraag maar. Ouwewijvengekwek, over mijn hoofd heen. Mieneke Kalckbrander heeft de rolstoel stilgezet: Leuk toch, eens iets anders toch? Haar gespreksgenote is het zielige geval met het hoofdkussen onder haar oksel tegen haar borst. Ze hoeft het niet, vang ik op dat ze zeurderig zegt. Mieneke Kalckbrander, droog als zand en kil als de windvlaag die uit de hoogte opeens in onze gezichten slaat: Allicht niet, dat is ook geen voer voor een bunzing. Bijna jankend de ander: Bunzing? Zich tot de dot beddengoed wendend: Nee hè, jij bent geen bunsding hè, jij bent mijn, wat ben jij van mij, mijn doedeltje, mijn poezenkindje, en dit hier daar ben jij dol op hè, maar je hebt je buikje al vol hè en daarom ja ja hoef je niks meer hè. Wat heb je daar dan dat je die gore kussensloop wil voeren, informeert Mieneke Kalckbrander, dat lijkt wel geen idee in rode smurrie gedoopt, je hangt vol rode spatten, in de film gebruiken ze dat als bloed als er gangsters of cowboys of paarden zijn doodgeschoten of in liefdesdrama's. Zanikstem: Iets vissigs van de barbecue, schelvis baars sardine best lekker. Dit zijn de gesprekken. Dan gaan wij ook eens zien wat daarginds te smullen valt, besluit Mieneke Kalckbrander en brengt met een schokje de wielen weer in beweging. Niet in de richting die ik verkies, wat ik aangeef door naar het rookpaleis te wijzen, ik behoef vóór alles met diepst verlangen, hunkerendste hartstocht een sigaret. Met beide handen probeer ik de wielen te stoppen om geheel zelfstandig uit de koets op te staan en me met koene tred, voeten naar voren, waar ik nu eenmaal niet meer toe in staat ben, daarheen te begeven, maar Mieneke Kalckbrander is sterker en blijft me voorwaarts drukken naar waar ik niet heen wil. Sigaretje roken doen we straks Buskepieps. Als ik droom, niet uitsluitend 's nachts in mijn slaap, overdag klaarwakker zijnde komt ook voor, zie ik mezelf jong en krachtig rennen langs hoge brandingen, met twee drie treden tegelijk trappen bestormen, stijldansen, wielerkoersen winnen en gewichten heffen, om nog te zwijgen van de onuitputtelijke verrichtingen van het geslachtsdeel al dan niet in samengaan met dat van anderen, mijn soepele eersteklas lichaam in voortreffelijke staat, nergens pijn, geen benauwdheid grenzend aan stikken, geen incontinentie wegens bejaardheid op de drempel van een vermeend hiernamaals, waar ik eventueel ook niet heen wil. Het is heimwee. Ik ben eenzaam. Ik kom hier niet meer weg. Vuurkorven met deksel, zonder deksel, voor grillen, bakken, roken, zachtjes garen. Vlees en vis vooraf tot bijtklare blokjes gesneden en niet gespiest aan een metalen of houten pin, want veel te gevaarlijk, men kan er iemands ogen mee uitkrassen. Gebraden worstjes, gegrilde maiskolven, gerookte bloemkoolroosjes, naar believen te dopen in een keur van sausjes zoet pittig gekruid fris hartig diedeldomdeine diedeldomgrômm, het heeft wat mogen kosten, dat zal wel als men beseft wat per cliënt moet worden betaald om hier cliënt te mogen zijn, bewassing niet inbegrepen, al die elkaar verdringende lichamen, waar Mieneke Kalckbrander mij tussen wurmt, iedereen zweet, mij glibbert het over mijn buik en rug omlaag de gerontopamper in. Mevrouw Holkema voert de regie over vijf ondergeschikten, allen vrouwen zo te zien, gewikkeld in keukenschorten, van oorsprong wit doch gaandeweg bezoedeld met vlekken in allerlei vormen en tinten, en met van die plastic kapjes over het haar, zijzelf, ook in zo'n schort, smetteloos, is getooid met een koksmuts, koketterig scheef op het hoofd. Ik weet hoe ze heet. Ze heet mevrouw Holkema. Als ze mij ontwaart roept ze: Wij kennen elkaar, geachte waarde meneer, nietwaar? Jazeker, karonje met je wrange bek, jij genoot reeds eerder het eervolle voorrecht mij te ontmoeten. Ik heb je onthouden. Mieneke Kalckbrander heeft een bakje van slap verfrommelbaar plastic met stukjes gemarineerd vlees van de grill bemachtigd. Grieks, zegt ze, rund en varken door elkaar, souvlaki, net saté maar dan Grieks en niet aan een stokje. Twee plastic vorkjes, een voor haar een voor mij, de ene keer brengt ze met het vorkje dat ze voor haarzelf heeft bestemd een brokje naar haar mond, de andere keer met het mij toebedeelde vorkje een brokje naar mijn mond. Ik beef te hevig om zelf zo'n vleesje aan zo'n prutsvorkje te kunnen vastprikken en er meteen mijn mond mee te vinden en heb ik eigenlijk nog wel tanden. Daar is het verzorgendetje met het tafeltje op wielen, nu in witte plastic frommelbekertjes ander vocht dan thee vervoerend. Dit is met steenvruchten en vlierbloesem, hoor ik dat ze zegt en zie ik haar wijzen met haar vingertje waar een pleister rond het bovenste knokkeltje is geplakt, dit is met komkommer en dragon, en dit met rode vruchtjes en rozenwater. Wat is dit, Fienepien? Dit is sangria, mevrouw Kalckbrander, maar zonder wijn of alcohol, alleen maar gezond. Ach, het schattige kind. Jij iets van deze bocht? Mieneke Kalckbrander vergeet aldoor dat ik doof ben. Die luisterspecialist en zijn bijzit, genaamd Maartje, nee Aagje, nee Klaartje, ze heet Saartje, dat heb ik eveneens onthouden, vertonen zich hier trouwens ook, hij groet me vanop afstand door zijn kin en wenkbrauwen omhoog te bewegen, zij ziet mij niet of geeft geen blijk van herkenning, ik zie hen beiden ook niet, in mijn zwiebelende hoofd houd ik mijn ogen starend in het nevelblauw, weg van hier, ik ben hier niet, verdwenen in verre gedachten. Dingetjes. Ik zit bij Suwarjojo achter op de fiets en het bruine meisje met het zwartgouden haar met wie ik al vele jaren ben getrouwd holthuppelt mee, we maken vogelgeluiden naar elkaar als de hiel van mijn blote voet tussen de spaken van het achterwiel terechtkomt. Pijn, gekrijs, bloed, de vellen hangen erbij, ze plakken aan de spaken, orang bodoh, bòdddòh, die vrouw komt erbij, Medusa, ik versteen, mijn moeder, ik denk nooit aan haar, wat niet betekent dat ik haar ben vergeten, dat jong, dat ròtjong, jojo houdt haar handen vast, in plaats van mij begint ze mijn vriendinnetje te meppen, dat schreeuwend wegrent, jojo tilt mij in zijn armen tegen zijn blote bruine zwetende borst. Echt gebeurd autobiografisch opeens zomaar opgeborreld uit niets en daarin ook weer weggezakt, herinnering van een kwartseconde aan iets van zeker driekwart eeuw geleden, zo gaat het wanneer men alles maar zo'n beetje beseffeloos door elkaar laat dwarrelen als papieren servetten in deze wind, zou er regen komen? Dan zie ik op een tafel tussen witte plastic bordjes bekertjes lepeltjes vorkjes stapeltjes papieren servetten waar de wind tegenaan blaast, daar zie ik, daar ligt, een scherpgepunte keukendolk ligt daar, lemmet van carbonado, heft van buxushout, precies het mes dat ik nodig heb, ik hoef er mijn hand maar naar uit te steken, ik beveel mijn hand op te houden met beven en het mes te grijpen, doch een der slavinnen van mevrouw Holkema is me voor en steekt het bij zich. Na haar eerst hoffelijk te hebben verzocht mij het werktuig te overhandigen en wel ogenblikkelijk nu meteen of anders, ik waarschuw haar één keer, tevens voor het laatst, ben ik genoodzaakt haar ter aard te werpen, het mes te ontnemen en haar er zonder compassie meerdere keren mee te doorsteken, ik had haar gewaarschuwd. Zou slager Do ook hondenvlees hebben geleverd en ligt dat nu op een rooster te spetteren? In de tropen eten ze hondenvlees om de hitte te kunnen verdragen en kalm te blijven. Op mijn naar het mes uitgestoken hand pletst een druppel neer, Mieneke Kalckbrander zegt: Als je je hoofd nu even probeert stil te houden en je mond opent, heb ik hier een ananasje voor je. Van het vorkje dat ze voor mijn gezicht zwaait zie ik een druipend dobbelsteentje ananas vallen en in het zand belanden, waarschijnlijk een ananasdruppel dus, geen regen, er komt geen regen zegt de televisie en iedereen. Weliswaar gehinderd door een riem in mijn maagstreek, een niet door mij te openen gesp tegen mijn navel, kan ik met mijn voeten toch over de voetsteun heen de grond raken en me afzetten en tegelijkertijd met beide handen aan de wielen de verrijdbare troon in beweging brengen. Eerst een stukje achterwaarts weg uit de onrustige meute verworpenen der aarde, dan de wagen draaien, dan door alle rugpijn, ademnood, aandrang om te wateren heen vooruit over het gras richting rooktempel om er nicotine door mijn longen te pompen, mijn enige verwennerij nog in dit wanhoopsoord, mijn enige troost nog al zal ook die mij worden ontnomen vanwege gedwongen afkikkering, om welke reden Herman me niet meer mag komen bezoeken als hij sigaretten en drank meebrengt, of kranten en boeken, funest voor orde en rust, meneer Busken verblijft hier in de eerste plaats om tot rust te komen, in de eerste plaats helemaal volledig tot rust tiereliere let let mussen zijn geen vinken, Mientje heeft de kan gebroken, waar zullen we nu uit drinken, ik moet ervoor zorgen niet met mijn vingers tussen de spaken van de wielen van het rijtuig te komen. Het doosje met de twee sigaretten heb ik uit mijn overhemd weten te pulken, maar krijg ik ongecoördineerd bewegend niet open. Gezellig ja, nu een sigaretje, kwinkeleert de naast mij opduikende medecliënt, aan het lichaam een tuinmannenoverall, terwijl ik vermoed met een vrouw van doen te hebben, laat mij maar, zegt deze persoon en neemt me het doosje af, met mijn laatste twee, neemt deze persoon me af. Mij de ene sigaret tussen de vingers schuivend, steekt onderhavige aanwezigheid de andere in eigen mond, ik ben zo vrij, vind je wel okee toch, alles delen met iedereen toch, heb je een aansteker of zo? Wel een fluitje, niet een aansteker of doosje lucifers, dergelijke vuurmakers nemen ze me af voordat ik er in mijn hotelkamer de gordijnen, het bed, mezelf mee in de hens steek, je weet het nooit met de bewoners van Huize Madeleine. Er valt van bovenaf iets in mijn haar, nat, weer een druppel, plok, dat voel en hoor ik, zonder er aandacht aan te schenken vergeet ik het al op het moment zelf. Kwaad. Gesteld ik zou in mijn kleren iets aantreffen om sigaretten aan te steken, ik zou deze figuur er geen vlammetje mee offreren, ik vind het niet okee dat mij de laatste allerlaatste nog resterende sigaret wordt ontstolen, geef terug of ik pak mijn mes, ik teken ten krachtigste protest aan, edelachtbare, ik eis mijn sigaret terug, daar ik me laat voorstaan op mijn recht op alle kaa's, ziekten en kwalen ten gevolge van mijn tevreden rookgedrag. Al stamp ik met mijn voeten, maai ik met mijn armen, zwaai ik mijn hoofd naar voor en achter, naar links, naar rechts, en grom ik als tijgers, de mensgedaante, sokjes van niet hetzelfde blauw aan de voeten, verdwijnt met mijn sigaret onder het gegolfde ijzer, loopt met mijn sigaret gewoon van mij weg en laat mij buitenstaan. De vrouw met het sigaartje is bereid de brandende punt daarvan tegen het nog niet brandende einde van mijn allerlaatste sigaret te drukken, mijn allerlaatste in andermans mond, in andermans hand, ik zie de rook ervan verrafelen vervluchtigen verdwijnen. Inmiddels is er donkere wind gaan waaien, die parasols omverwerpt, er zwiert een zwarte herenhoed over het feestterrein, clientèle begint rond te rennen in het nog nauwelijks voelbare speldenregentje dat opeens weldoende begint neer te ritselen, het wast verfrissend het zweet van mijn hoofd, waar het binnenin blijft kolken bliksemen stormen in alle bekende en nooit eerder waargenomen kleuren, iedere kleur een vloek. Mieneke Kalckbrander, die naam komt weer bovendrijven, in een gesprekje geraakt met de vrouw en een van de mannen, die met die snor, waarbij godverdomme vrolijk wordt gelachen, lijkt zich mij ten slotte te herinneren en komt uit de overdekking naar buiten, de wolk uit haar mond ontbindt in de bries, die ook haar haar verwart, de knot in haar nek is windbestendig. Dacht je dat ik je zou vergeten, maar mijn boze Buskiebeertje, ik jou vergeten. Terwijl ze naderbij kruimelt ruik ik een flardje van het geruststellend vertrouwde aroma, nooit kankerlucht zeggen, die zolang als ik me herinner in alle kamers van al mijn woonplekken en in mijn kleren heeft gehangen. Rook: vier letters. Ik steek mijn hand met de nog niet aangestoken sigaret ongeduldig naar haar op, schiet eens wat op, beroemdheid, naar waarheid denk ik in plaats van beroemdheid stomme trut, nooit stomme trut zeggen. Als ze bij me is ontstaat gehannes bij haar en mijn pogingen om vuur in mijn nicotinestengel te krijgen, ik slaag er niet in mijn hand rechtstreeks naar mijn mond te brengen, ergens bevindt zich mijn mond, maar ik mik er steeds naast. Wacht, we doen het zo, dat is makkelijker, zegt Mieneke Kalckbrander en heeft de sigaret al tussen mijn vingers vandaan getrokken en hapt hem ook al in haar eigen mond, mijn nu echt allerlaatste. Ze zuigt er vuur in met haar brandende exemplaar, mijn gloeiende punt tegen jouw kouwe, gelukkig ben ik doof, ik blijf voor me uit kijken, inwendig beuken driftige golven zich op rotsen aan splinters, zij weet mijn mond wel te vinden, daar plakt ze de daarjuist ontstoken sigaret, die een beetje plakt van haar mondvocht, tussen mijn lippen. Schaterende kreten kotsend laat de pauw zich neer op het dak van de rookhut. Mieneke Kalckbrander staat nu zo dicht bij me dat ik schokkend bewegend haar wel moet raken, ik raak Mieneke Kalckbrander met een dreun van mijn knuist tegen de hare waarmee ze tussen duim- en wijsvingertop mijn door haar wederrechtelijk toegeëigende sigaret vasthoudt, zoals ze tijdens een eerder leven deed in Hollywoodse licht-epossen. Het tere tabaksrolletje, al bijna voor de helft opgerookt en verneveld, komt in het natte gras terecht en sterft. In ditzelfde noodlotsmoment, de pauw houdt niet op met schreeuwend schateren, jaagt de zengende wind druppels in mijn gezicht. Uit de met mijn lippen omklemde alleralleralllerlaatste heb ik een scherpe hijs tot mijn longen toegelaten, die ik nog niet heb uitgeademd. Met de hand waarmee ik hem uit mijn mond wil nemen om hem tegen de plotse weersomslag af te schermen sla ik mezelf tegen mijn neus, mijn wang, mijn ogen. Als ik hoor dat een vette druppel, pof, het vuur uit de kop van de sigaret slaat en ik voel dat de sigaret, nu heb ik er geeneen meer, verslapt, doorweekt tegen mijn kin breekt, blaas ik de rook uit in een rechte horizontale blauwe streep. Tabakssliertjes van mijn tong spuwend draai ik woedend wanhopig rouwig opstandig doodmoe mijn gezicht naar de regen in de betekenisloze liedjesmuziek voor het grauwe volk die is blijven doorjanken. Bedaar nu maar, E. Busken, word kalm en beheers je, het vindt nu echt heel spoedig plaats, het kan niet al te lang meer duren, het staat te gebeuren, het nadert.

Zutendaal 2015 – Lanaken 2019

Het œuvre van Jeroen Brouwers

Romans

1967 *Joris Ockeloen en het wachten*
1977 *Zonsopgangen boven zee*
1979 *Het verzonkene*
1981 *Bezonken rood*
1984 *Winterlicht*
1988 *De zondvloed*
1990 *Zomervlucht*
2000 *Geheime kamers*
2007 *Datumloze dagen*
2011 *Bittere bloemen*
2014 *Het hout*
2020 *Cliënt E. Busken*

Verhalen

1964 *Het mes op de keel*
1968 *De toteltuin*
1973 *Zonder trommels en trompetten*
1977 *Klein leed*
1981 *Et in Arcadia ego*
1983 *Verhalen en levensberichten*
1985 *De sprong*
1991 *Anaïs Anaïs*
1996 *De vervulling*
1997 *De zondvloed (uitgegumde fragmenten)*

1998 *De verliefden*
1999 *Kalenders*
2000 *Op de Middelburgse kermis*
2001 *Palingen*
2003 *Het leven, de dood*
2005 *Warme herfst*
2008 *Liefste in de verte*

Drama

1980 *Zonder onderschriften*
1994 *De vervulling* gevolgd door *De kleine dood*
2009 *Een nieuw requiem*
2011 *BDE (bijna-doodervaring)*

Essays

1979 *Kladboek*
1979 *De nieuwe Revisor*
1980 *Kladboek 2. De Bierkaai*
1982 *De spoken van Godfried Bomans*
1982 *Alleen voor Vlamingen*
1982 *Es ergo sum*
1983 *De laatste deur*
1985 *De levende stilte van Stig Dagerman*
1986 *Hélène Swarth: haar huwelijk met Frits Lapidoth, 1894-1910*
1987 *De schemerlamp van Hélène Swarth*
1988 *Sire, er zijn geen Belgen*

1989 *De versierde dood*
1989 *Het tuurtouw*
1991 *Kladboek 3. Het vliegenboek*
1993 *'Naakt in verblindend licht'*
1993 *Twee verwoeste levens*
1994 *Steeds dezelfde zon*
1994 *Kladboek 4. Het circus der eenzaamheid*
1994 *Vlaamse leeuwen*
1995 *Oefeningen in nergens bijhoren. De schrijver en filosoof Jean Améry 1912-1978*
1995 *Adolf & Eva & de Dood*
1996 *Het aardigste volk ter wereld. W.F. Hermans in Brussel*
1996 *Kilometer(s)*
1997 *De rode telefoon*
1998 *Een beroemde naamgenoot*
1999 *De zwarte zon*
2000 *Utopia*
2001 *Wie begrijpt ooit wat?*
2010 *Hamerstukken. Alle polemieken en korzeligheden*
2017 *De laatste deur* (herziene en uitgebreide editie)

Feuilletons

1996 *Feuilletons*
1996 *Extra Edietzie* (Feuilletons herfst 1996)
1997 *Satans potlood* (Feuilletons zomer 1997)

1998 *Alles is iets* (Feuilletons lente 1998)
1998 *Terug thuis* (Feuilletons winter 1998)
2001 *Papieren levens* (Feuilletons 6)
2005 *De schemer daalt* (Feuilletons 7)
2009 *Sisyphus' bakens* (Feuilletons 8)
2012 *Restletsels* (Feuilletons 9)
2018 *Laatste plicht* (Feuilletons 10)
2018 *Feuilletons* (Een selectie)

Autobiografie

1969 *Groetjes uit Brussel*
1978 *Mijn Vlaamse jaren*
1987 *Kroniek van een karakter. Deel 1 (1976-1981) 'De Achterhoek'*
1987 *Kroniek van een karakter. Deel 2 (1982-1986) 'De oude Faust'*
1987 *Miniatuur van wanhoop*
1993 *Het is niets*
1997 *In memoriam patris*
1999 *Al dat papier*
2004 *Stoffer & blik*
2005 *In het midden van de reis door mijn leven*
2007 *Correspondentie 1980-1986* (briefwisseling tussen Jeroen Brouwers en Gerrit Komrij)
2019 *Verguld met deze cappa*

Bloemlezingen

1975 *Zachtjes knetteren de letteren. Literaire anekdoten*
1986 *Hij is reeds aan de overzijde. Necrologieën van schrijvers*
2001 *Zachtjes knetteren de letteren. Literaire anekdoten* (herziene & uitgebreide editie)

Over Jeroen Brouwers

2000 Gwennie Debergh (red.), *Brouwers in Brussel*
2010 Jeroen Brouwers 70 jaar. *De Parelduiker* 1-2
2015 Johan Vandenbroucke, *Jeroen Brouwers. Het verhaal van een œuvre* (nieuwe, bijgewerkte editie)
2020 Diverse auteurs, *Aan een karakter*